EL LIBRO
DE LA SELVA

Rudyard Kipling

PERSONAJES

Akela

El jefe de la manada.
Noble y justo
con su gente.

Baloo

El maestro. A veces
es duro con él, pero
lo hace por su bien.

Papá lobo

Es el "padre adoptivo"
de Mowgli, y lo trata
como a un hijo.

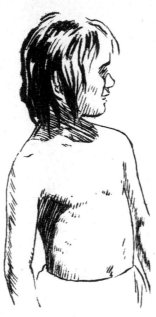

Mowgli

Es un niño indio
que adoptan los
lobos. Con la
ayuda de sus
amigos aprende
la Ley de la Selva
y es respetado
por todos sus
habitantes.

Mamá loba

Es la "madre adoptiva".
Desde el principio, es ella
quien defiende a Mowgli.

Tabaqui

Es un chacal mezquino y
rastrero, lugarteniente
de Shere Kahn.

Bagheera

La consejera de Mowgli.
Lo mima y consiente.

Kaa

Una sabia serpiente pitón. Aunque no le tienen demasiada confianza, les resulta de gran ayuda.

Hathi

El Rey de la Selva. Respetado y obedecido por todos.

Shere Kahn

Es el enemigo de todos los animales de la selva.

El hermano gris

De los cuatro lobatos, éste es el amigo y compañero de Mowgli.

Messua

La mujer que recibe a Mowgli. ¿Será quizá su verdadera madre?

Buldeo

El cazador de la aldea. Por su culpa, Mowgli se enfrenta al Hombre.

La historia de...

EL LIBRO DE LA SELVA

¡MIRADLO, MIRADLO BIEN!

MOWGLI, EL CACHORRO HUMANO, FUE ACEPTADO EN LA MANADA DE LOBOS.

MOWGLI APRENDIÓ LAS ENSEÑANZAS DE BALOO, LLENÁNDOLO DE ORGULLO.

¡ERES UN BUEN ALUMNO, MOWGLI!

LOS BANDER-LOG RAPTARON A MOWGLI.

¡NOS HAN VISTO!

PERO SUS AMIGOS LE SALVARON

AKELA YA NO PUDO CAZAR MÁS. MOWGLI SE QUEDÓ SIN QUIEN LO DEFENDIERA.

¡HA FALLADO! YA NO ES MÁS EL JEFE!

MOWGLI NO QUISO QUE-DARSE MÁS EN LA SELVA.

ME VOY A LA ALDEA DEL HOMBRE, NO ME OLVIDÉIS.

BULDEO CONTABA SOBRE MOWGLI UNA SARTA DE MENTIRAS.

ES UN TIGRE-DUENDE. HAN OFRECIDO DINERO POR SU PIEL.

LAS MENTIRAS DE BULDEO HICIERON QUE EL PUEBLO SE VOLVIERA CONTRA MOWGLI.

MOWGLI INDICÓ A LOS ANIMALES QUE ATACA-RAN LA ALDEA.

MOWGLI ENCONTRÓ OTRA ALDEA Y SINTIÓ LA LLAMADA DE SU RAZA.

MOWGLI SE DESPIDIÓ DE SUS AMIGOS PARA INICIAR UNA NUEVA VIDA.

ES DURO CAMBIAR DE PIEL.

CAPÍTULO UNO

Los hermanos de Mowgli

Ya el grito suena! ¡Caza abundante para el
que observa la Ley que amamos!
Canción nocturna en la selva.

Eran las siete de la tarde en las colinas de Seeoane, y Papá Lobo despertaba de su siesta.

A su lado, Mamá Loba se ocupaba de sus cuatro lobeznos. La luna se filtraba en la cueva donde todos vivían e iluminaba los pequeños y vacilantes cuerpecillos.

Mientras Papá Lobo se desperezaba, Tabaqui, el lameplatos, se acercó al cubil. Asomó la cabeza y pidió comida con plañidera voz, porque los chacales saben del desprecio que los lobos sienten por ellos:

—¿Tendréis comida que ofrecerme?

Papá Lobo respondió reticente:

—Entra y busca. Te advierto que aquí no hay comida.

Los chacales son chismosos y enredadores y van de aquí para allá revolviendo la basura y sembrando la cizaña entre los animales de la selva.

—Cualquier hueso es delicioso para un pobre chacal como yo.

Y dicho esto, Tabaqui corrió al fondo de la cueva, de donde volvió con unos restos. Empezó a lamerlos.

Una vez que hubo arrancado los pocos trozos de carne que quedaban, comentó:

—Shere Kahn el Grande ha cambiado de coto. Pronto cazará en estas colinas.

Shere Kahn era el tigre que vivía en las márgenes del río Waingunga, a cinco leguas de allí.

—¡No tiene derecho! ¡Eso va contra la Ley de la Selva! —exclamó Papá Lobo.

—Como es cojo de nacimiento no puede cazar gamos y ataca al ganado del Hombre —Mamá Loba gruñó—. Cuando lo persiguen huye hacia aquí y molesta a los nuestros. Si el Hombre pega fuego a la maleza para cogerlo, tendremos que huir con nuestros hijos aunque él ya esté a salvo —sus orejas se enderezaron al percibir un sonido distinto en la oscuridad.

En el valle resonaba el ronroneo del tigre cuando no ha logrado cobrar una presa, algo que ponía en alerta al resto de los animales de la selva: un rugido profundo, seco y rabioso que es un lamento estremecedor.

—Me voy. Oigo a mi amo Shere Kahn allá abajo —dijo el chacal mientras se retiraba a reunirse con él.

—¡Imbécil! ¡Con la bulla que mete espantará todos los gamos! ¡Vaya chapuza de trabajo que hace! ¡Se figurará que nuestra caza es como sus gordos bueyes del Waingunga! —Papá Lobo estaba indignado.

—¡Silencio! —Mamá Loba seguía escuchando—. ¡Está intentando cazar al Hombre!

—¡Puajj! ¡Y por añadidura viene a hacerlo a nuestro terreno!

La Ley de la Selva, que nunca ordena algo sin algún motivo para ello, prohíbe a las fieras comer al Hombre. Toda matanza humana acaba, tarde o temprano, con la llegada de más hombres montados en elefantes, con antorchas y fusiles. Y entonces, todos los animales sufren las consecuencias. Además, los animales creen que es indigno matar al Hombre, el más débil e indefenso de todos los seres. Quien lo hace pierde los dientes y coge sarna.

—¡Aarg! ¡Auuuu! —el rugido del ataque fue seguido de un aullido lanzado por Shere Kahn.

—Se le ha escapado la presa, ¿verdad? —dijo Mamá Loba.

—Algo se acerca. Prepárate —Papá Lobo se agazapó.

Pero aunque Papá Lobo inició el salto, la acometida se vio interrumpida por la sorpresa. Se elevó metro y medio en el aire y cayó pesadamente exclamando con desdén:

—¡Un Hombre, un cachorro humano! ¡Mira!

Frente a ellos se erguía un pequeño niño moreno y desnudo que, sin manifestar ningún temor, les miraba cara a cara y se reía. Apenas sabría andar. Mamá Loba se quedó mirándole sorprendida y, dirigiéndose a Papá Lobo, dijo:

—Tráelo. Nunca he visto uno de cerca.

Papá Lobo lo cogió con tal delicadeza que no le hizo ni un rasguño y lo llevó junto a los lobatos. El niño se abrió paso entre éstos y comenzó a mamar de la loba.

De repente, la cueva se oscureció: la enorme cabeza de Shere Kahn interceptó la luz de la luna.

Tabaqui, que le iba a la zaga, chilló:

—¡Aquí, señor, se ha metido aquí!

—Dadme mi presa —reclamó Shere Kahn.

—Los lobos somos un Pueblo Libre y obedecemos a Akela, el jefe de nuestra manada, no a ti.

El rugido de rabia del tigre tronó en la oscura cueva pero, en vez de atemorizarse, Mamá Loba le plantó cara con los ojos llameantes.

—El cachorro humano es mío y crecerá con la manada hasta que un día te mate —dijo mostrando sus blancos colmillos, que relucieron a la luz de la luna.

Shere Kahn se alejó de la caverna refunfuñando, porque sabía que Mamá Loba tenía todas las de ganar. Pero se volvió hacia la cueva y gritó:

—El cachorro es mío y tarde o temprano vendrá a parar a mis dientes. Ya veremos entonces lo que dice la manada.

Cuando la amenazadora figura del tigre se hubo alejado, Papá Lobo preguntó gravemente:

—¿Es verdad que te lo quieres quedar? ¿Estás segura? Tendremos que enseñárselo a la manada en la Peña del Consejo.

—¡Desde luego que me lo quedaré! Y lo llamaré Mowgli, la rana. Acuéstate, renacuajo mío. Ya llegará el momento en que tú caces a Shere Kahn.

Esa noche, cuando los lobos se reunieron en círculo en la Peña del Consejo, Mamá Loba, del mismo modo que otras lobas lo hacían con sus cachorros, empujó a Mowgli hacia el centro, para que todos lo vieran. Akela, el enorme Lobo Solitario que era el jefe de la manada, como siempre lo hacía cuando las lobas presentaban a sus cachorros, exclamó:

–¡Miradlo, miradlo bien!

Un sordo rugido se elevó por detrás de las rocas:

–¡El cachorro es mío! –rugió Shere Kahn–. ¿Qué tiene que ver con vosotros?

–¡Es verdad, amigos! ¡Shere Kahn tiene toda la razón! –dijo un joven lobo.

Dos lobos tienen que aceptar al recién llegado, además de sus padres, para que la manada lo acoja en su seno. Es la Ley de la Selva.

Entonces, Baloo, el oso pardo, el único animal de otra especie que tomaba parte en el Consejo porque enseñaba a los lobatos la Ley de la Selva, habló:

–¿Qué mal puede hacernos? ¡Yo mismo le enseñaré!

–Necesitamos que otro más te secunde. ¿Quién más toma la palabra en favor del cachorro humano? –preguntó Akela, el jefe de la manada.

Bagheera, la pantera, se deslizó hasta el círculo que formaban los lobos, silenciosa como una sombra, y pidió permiso para hablar:

–Yo no tengo derecho a participar, pero la Ley de la Selva dice que la vida de un cachorro puede comprarse. Yo os ofrezco un toro que acabo de cazar. Dadme permiso para decir que el cachorro puede seros útil cuando crezca.

–Total, morirá cuando lleguen las lluvias –murmuraron los que se oponían–. ¿Dónde está el toro? –y se fueron a gozar del festín inesperado.

–¡Miradlo, miradlo bien! –dijo Akela, repitiendo la cantinela del rito.

A lo lejos se oían los rugidos rabiosos de Shere Kahn, cuando Akela dijo a Papá Lobo:

—Llévatelo y adiéstralo en todo cuanto deba saber quien pertenece al Pueblo Libre.

Y así fue como Mowgli fue aceptado en la manada, con Baloo como defensor y habiendo pagado Bagheera un toro de rescate por su vida.

CAPÍTULO DOS

Las lecciones de Mowgli

Grande es la selva y él, pequeño;
deja que piense en calma,
que ahora empieza.
Máximas de Baloo.

Pasaron diez o doce años de estupenda vida entre los lobos. Aunque Mowgli no iba a la escuela, desde luego no dejaba de aprender.

Papá Lobo le enseñó su oficio y el significado de todos los ruidos de la selva.

Bagheera le enseñó a trepar. Al principio era tan lento como un "perezoso", pero luego llegó a ser tan rápido como un mono gris.

Baloo le enseñó a respetar los cachorros, a bañarse en el río para estar limpio, a cumplir la Ley de la Selva y a buscar la rica miel.

Mamá Loba le dijo que desconfiara de Shere Kahn. Si Mowgli hubiera sido un lobezno, habría recordado este consejo, pero lo olvidó por completo. Porque aunque sus hermanos eran ya lobos hechos y derechos, Mowgli era todavía un niño.

El aprendizaje de la Ley de la Selva fue muy duro, porque, como Mowgli era un Hombre, Baloo le quiso enseñar más que a los lobatos y a veces perdía la paciencia con él.

Un día, Bagheera se acercó a ver cómo iban las lecciones de su niño mimado y se encontró con que Mowgli se había ido, enfadado con Baloo porque éste le había pegado.

—Es preferible que yo le pegue para que aprenda, a que le ocurra alguna desgracia por su ignorancia —explicó Baloo.

—Es muy pequeño —le defendió la pantera—. Y tú eres muy bruto. Creo que le quieres enseñar demasiado. ¿No le estás exigiendo más que a los demás lobatos?

—Le estoy enseñando las Palabras Mágicas de la selva. Ya sabe pedir protección a todos sus habitantes. ¿No vale eso la pena de recibir unos golpes?

—¿Qué palabras son ésas? No es que yo las necesite, pero tengo curiosidad —Bagheera contempló con admiración sus afiladas garras. Pensaba que lo más probable era que los demás animales recurrieran a ella, en vez de tenerles que pedir ayuda.

—Llamaré a Mowgli para que te lo demuestre. ¡Mowgli! ¡Baja de ese árbol!

Un silencio roto sólo por los ruidos normales de la selva fue su respuesta.

—¡Ven, cachorro mío, y demuéstrame lo que has aprendido! —dijo entonces Bagheera.

Las hojas que cubrían a ambos animales se sacudieron un poco y se oyó la vocecita del niño:

—¡Si voy es por Bagheera y no por ti, viejo gordinflón. La cabeza me zumba como un panal, con los golpes que me has dado —refunfuñó Mowgli, deslizándose por un tronco hasta ellos.

El comentario hizo que Baloo se sintiera triste. Su rudeza era por el bien del niño.

Y para demostrarle a Bagheera su progreso, Mowgli silbó como las serpientes, trinó como los pájaros y dijo "Tú y yo somos de la misma sangre" en idioma oso, llenando a su maestro de orgullo.

También repitió los mensajes para pedir permiso y cazar en territorio ajeno. Algo que todos los animales respetaban. Todos menos Shere Kahn que, abusando de su poder, cazaba donde le placía.

Por último, dijo las Palabras Mágicas de las serpientes. Eran unos silbidos indescriptibles que Hathi, el sabio Elefante Salvaje, le había enseñado, porque a Baloo le resultaba del todo imposible pronunciarlos.

Baloo se infló de orgullo, y Bagheera felicitó al niño con efusión.

—¡Eres un buen alumno, Mowgli! —le dijo.

Mowgli saltó entre los dos animales e inició una salvaje danza para demostrar su alegría. Luego se subió a la pantera de un brinco y se tendió sobre su lomo.

—¡Ea, hermanito! Despacio, que mis huesos no son tan jóvenes como los tuyos —le dijo su amiga y protectora.

De estar sólo al cuidado de Bagheera, Mowgli habría sido el más malcriado de todos los niños del universo.

—Pronto tendré una tribu de mi propiedad y seré su jefe —gritó Mowgli, cabalgando en el lomo de Bagheera.

—¿De dónde has sacado esa idea tan rara? —preguntó la pantera.

—Seré su jefe y le tiraré ramas y porquerías a Baloo —dijo Mowgli, que todavía estaba rencoroso por los golpes de su maestro. Luego añadió:

—Ellos me lo prometieron.

—¿Quién te lo prometió? —de un zarpazo, Baloo desmontó a Mowgli, que quedó tendido a sus pies. La cabeza le volvió a zumbar como un panal.

—Los monos grises. Son muy amables. Ellos sí que me quieren —dijo Mowgli con voz temblorosa.

—¿Cuándo estuviste con ellos? —Bagheera le echó una mirada de alerta a Baloo.

—Baloo me pegó y ellos me consolaron.

—Oye, hombrecito —retumbó la voz de Baloo como un trueno—, si yo te pego es por tu bien. Al Pueblo de la Selva le está prohibido tratar con esa gentuza. Son gente sin ley, desvergonzados y malos.

—Pero los monos me dijeron que soy como ellos, pero sin rabo —protestó Mowgli, que se lo había pasado en grande con sus nuevos amigos—. Me ofrecieron comida que nunca antes había probado y me dijeron que podía ser su rey.

Bagheera meneó la cabeza y volvió a recriminar a Baloo con la mirada.

—Recuerda lo que te ha dicho Baloo: "prohibido". No les hagas ni caso a esos monos sucios e irresponsables —dijo gravemente Bagheera.

—¿Por qué? —preguntó Mowgli en voz muy baja.

—Cuando un lobo está herido, ellos se burlan de él y le arrojan cosas. No saben más que hacer daño.

—¿Por qué hacen eso?

—Nosotros somos demasiado pesados para alcanzarlos en las ramas más altas; por eso, ellos viven en su mundo de las alturas sin leyes ni orden.

19

–No tienen respeto por nada ni por nadie. Se matan entre ellos. Luego dejan sus muertos tirados por ahí, para que todos los vean –dijo Baloo con seriedad.

–Además, no tienen memoria, se olvidan de todo. Hoy eres su amigo y mañana ya te han olvidado. Por eso no debes creerles nunca.

Eso sí que lo comprendió Mowgli, porque sabía que podía contar con sus dos amigos siempre, aunque a veces se enfadaran con él.

Se acercó la hora de la siesta. Era el momento más caluroso del día y la selva se llenaba de quietud. Los animales descansaban.

–¡Ay, Mowgli, Mowgli! Un día nos vas a meter en un buen lío. Eres casi tan irresponsable como los monos –dijo Bagheera, mientras se desperezaba.

Se echaron los tres. Mowgli se acurrucó entre sus dos amigos, sintiéndose protegido y arropado por ambos animales.

Astuta y delicada la pantera, suave como su negra piel. Rechoncho y brusco el oso, áspero como su pelaje. Pero ambos igual de cariñosos con el cachorro humano.

Avergonzado, Mowgli se durmió pensando en no tener más tratos con el Pueblo de los Monos.

CAPÍTULO TRES

Los Bandar-log

> ¿No quisierais ser
> uno de los nuestros?
> ¡Tener más de dos manos!
> ¡Qué delicia!
> *Canción de los Bandar-log.*

No tuvieron que esperar demasiado Bagheera y Baloo para experimentar las consecuencias del encuentro de Mowgli con los Bandar-log, los monos grises.

Éstos aprovecharon que los tres amigos dormían, para coger a Mowgli y llevárselo por las copas de los árboles. Pero eran tan tontos que sus chillidos despertaron a los dos maestros.

Gritaron mientras salían disparados en su huida:

—¡Bagheera nos ha visto! ¡Todo el Pueblo de la Selva nos admira por nuestra astucia y habilidad!

Saltando de rama en rama, iban pasandose al cachorro de Hombre, hasta que el pobre se sintió mareado de tanta sacudida. Iban tan rápido que Bagheera y Baloo no los podían seguir.

Mowgli perdió a sus amigos de vista. Pero algo había aprendido de su viejo maestro. Mirando hacia arriba, porque si lo hacía hacia abajo se mareaba, vio recortado en el cielo un milano que se acercaba al oír el alboroto y le silbó:

—¡Sigue mi pista! ¡Avisa a Baloo, a Bagheera, a los lobos de Seeoane! —dijo, usando las Palabras Mágicas de las aves que le habían enseñado.

Entretanto, el oso y la pantera trazaron un plan.

—Si nos acercamos demasiado, lo dejarán caer —resolló Bagheera.

—¡Quizá ya lo hayan hecho! ¡Ay, Mowgli, Mowgli! —gimoteó Baloo.

—El niño es listo y está bien enseñado —pero Bagheera se lamió una pata con aire preocupado.

—Aunque no me explico cómo no lo previniste antes contra los monos. ¿De qué ha servido que casi lo mataras a golpes si no lo has advertido de esto?

—Los monos no nos temen a nosotros porque trepan más arriba, pero le tienen terror a Kaa, la serpiente pitón, que trepa tan alto como ellos y les roba sus crías.

—¡Es verdad! Aunque odio hacer tratos con ella. Hay maldad en sus ojos. Quién sabe qué nos pedirá a cambio.

—Esperemos que esté hambrienta. Así le podremos ofrecer unas cabras.

Kaa acababa de salir de un sueño profundo, durante el cual había cambiado su piel. Estaba hambrienta y le gustó la idea de cazar unos cuantos monos.

—¿Sssabéis a dónde ssse lo llevaron? —preguntó, mientras su piel relucía al sol.

—¡Eh! ¡Baloo! ¡Arriba! —oyeron gritar entonces al halcón que llamaba desde lo alto—. Mowgli está en Moradas Frías, al otro lado del río.

Moradas Frías era una antigua ciudad abandonada, con hermosos templos de mármol.

Mowgli estaba cansado, hambriento y malhumorado cuando llegaron. Los monos lo dejaron caer dentro de un templo por un agujero que había en el tejado y se pusieron a bailar.

Cuando se enderezó, se encontró rodeado de peligrosas serpientes cobra, de las más venenosas que existen en la selva. Lo miraban erguidas y alertas, listas para el ataque.

Rápidamente, Mowgli pronunció las Palabras Mágicas que le había enseñado Baloo:

—¡Vosssotrasss y yo sssomosss de la misssma sssangre! —dijo en su idioma.

Pero no le respondieron.

—¡Vossotrasss y yo sssomosss de la misssma sssangre! —repitió.

Esta vez, una media docena de voces le respondieron:

—¡Esss verdad! ¡Sssomosss hermanosss! Ten cuidado, que nosss puedesss lassstimar con tusss piesss.

Mowgli se quedó quieto para no hacerles daño, y las serpientes también lo respetaron.

Por una rendija en la pared, Mowgli pudo espiar la llegada de Baloo y Bagheera a rescatarlo. Los monos cayeron sobre ellos en una masa de manos, cuerpos y rabos peludos. Eran cientos y cientos. Cuando sus amigos conseguían quitarse unos cuantos de encima, otros más los atacaban de inmediato.

Los Bandar-log metían tal barullo con sus alaridos, que todos los pobladores de la selva se enteraron de la gran batalla que se estaba librando al otro lado del río. Alertados, más monos grises se descolgaron de las ramas para participar en la lucha.

—¡Métete en el agua, Bagheera! ¡Zambúllete en el aljibe! —gritó Mowgli a su amiga.

Bagheera pudo salvar su pellejo porque se metió en el agua, pero Baloo llevaba todas las de perder.

Aunque daba zarpazos a diestro y siniestro, los monos eran tantos que se sintió desfallecer. Se le echaban encima entre chillidos y ladridos. Era tal el ruido que hacían, que nadie se percató de la llegada de Kaa, deslizándose por un agujero en la pared.

Tomando distancia, observó la refriega con sus fríos ojos y se enroscó como un muelle, preparándose para atacar.

Con la misma fuerza que un ariete empujado por veinte hombres, embistió Kaa. Su plana cabeza dio contra los monos con toda la fuerza de sus nueve metros.

Los Bandar-log que sobrevivieron a su embestida salieron huyendo en desbandada mientras gritaban:

—¡Es Kaa, la serpiente pitón, sálvese quien pueda!

No fue necesario que Kaa atacara nuevamente. Abrió la boca por primera vez, lanzando un escalofriante silbido:

—¡Sssilencio! ¡Callaosss! —dijo en su idioma.

Los monos grises se encaramaron a los árboles y a los tejados de las ruinas, y se quedaron silenciosos y atemorizados.

Mowgli vio que Bagheera salía del agua y le decía a Baloo:

—Salvemos al Mowgli antes de que ataquen de nuevo.

—No osss preocupéisss. No ssse moverán hasssta que yo ssse lo ordene.

Kaa comenzó a entonar la "Canción del Hambre", que hace a sus presas paralizarse como hipnotizadas, lo que ella aprovecha para engullirlas de un bocado.

Tanto Bagheera como Baloo se quedaron pasmados, con la mirada perdida.

Mowgli les gritó varias veces desde su encierro:

—¡Eh! ¿Os habéis olvidado de mí? —a lo cual reaccionaron como saliendo de un profundo sueño.

Kaa embistió contra la pared y Mowgli salió entre una nube de polvo para abrazar a sus amigos.

—¡Estáis llenos de sangre!

—No importa —dijo Baloo con ternura—. Lo importante es que tú estés bien.

—Ya hablaremos de eso más tarde —comentó Bagheera con una mirada tan seria que a Mowgli se le estremeció el corazón de temor.— Ahora, agradece a Kaa que te haya salvado la vida.

—Tú y yo sssomosss de la misssma sssangre —dijo Mowgli como correspondía—. Lo que yo cace ssserá para ti, sssi tienesss hambre.

—Ten cuidado que no te confunda con un Bandar-log —respondió Kaa con un relámpago de maldad en la mirada.

Cuando los tres amigos se alejaban, Bagheera le dijo a Mowgli:

—Casi hemos muerto hoy por tu culpa. Además, estamos en deuda con Kaa. Mira en qué jaleo nos has metido por esa tontería de irte a jugar con los Bandar-log. ¿Cuándo aprenderás?

Mowgli se sintió culpable por haber causado tantos problemas a sus amigos.

LOS BANDER-LOG RAPTARON A MOWGLI MIENTRAS DORMÍA.

¡NOS HAN VISTO!

PERO ÉL CONOCÍA EL LENGUAJE DE LAS AVES, Y PIDIÓ SOCORRO.

¡AVISA A MIS HERMANOS!

BAGHEERA Y BALOO RECURRIERON A LA SABIA KAA.

¡SSSÍ, OSSS AYUDARÉ!

LOS MONOS LO ENCERRARON EN UN TEMPLETE LLENO DE COBRAS, PERO MOWGLI TAMBIÉN HABÍA APRENDIDO SUS PALABRAS MÁGICAS.

¡SSSOISSS MISSS HERMANASSS!

LA LLEGADA DE KAA INCLINÓ LA BATALLA A FAVOR DE NUESTROS AMIGOS.

CAPÍTULO CUATRO

La Peña del Consejo

Y atrás volvió un lobo, – volvió un lobo atrás,
la nueva llevando – pronto a los demás.
Y del lago donde – va el ciervo a beber
un gamo saltó – un gamo saltó.
Canción de caza de la manada de Seeoane.

En cuanto Mowgli creció lo suficiente como para comprender las cosas, Bagheera le enseñó que no atacara al ganado del Hombre. Su vida misma había sido rescatada con la vida de un toro.

—La Ley de la Selva dice que no debes poner nunca la mano en res alguna.

Mamá Loba le recordó muchas veces que algún día tendría que enfrentarse a Shere Kahn. Si Mowgli hubiera sido un lobo, lo habría recordado, pero como era un niño, lo olvidó por completo.

Un día Mowgli y Bagheera estaban en la rama de un árbol, cuando la pantera le preguntó:

—¿Cuántas veces te he dicho, hermano mío, que Shere Kahn es tu enemigo?

Como es natural, Mowgli no sabía contar y respondió:

—Tantas veces como los frutos de esa palmera; déjame dormir, que tengo sueño.

—No es momento éste de dormir. Shere Kahn no se atreve a matarte en la selva, pero recuerda que Akela es muy viejo. Cuando ya no pueda cazar, dejará de ser el jefe de la manada. ¿Quién te defenderá entonces?

—En la selva nací, su Ley he obedecido, y no hay un solo lobo de los nuestros a quien no le haya arrancado alguna espina de las patas. Son mis hermanos —dijo el niño.

—No te sientas tan seguro. Muchos de los lobos que te admitieron son viejos también —dijo Bagheera con tristeza—. Y Shere Kahn ha convencido a los jóvenes de que un cachorro humano no tiene derecho a estar en la manada.

La cola de Bagheera, meneándose, acompasaba las palabras de la pantera.

—Me da en el corazón que en cuanto a Akela se le escape el primer gamo —añadió Bagheera—, la manada se pondrá en contra de él y de ti.

Y agregó:

—Tengo una idea. Vete al poblado del Hombre y trae una parte de la Flor Roja que allí cultivan.

—¿La Flor Roja? ¿La que crece a la puerta de las chozas cuando se hace de noche? Yo la cogeré.

Ambos se referían al fuego, pero éste les causa a las fieras tal miedo, que ni se atreven a llamarlo por su nombre. Por eso lo llamaban Flor Roja.

Cuando Mowgli salió corriendo hacia el poblado del Hombre, Bagheera se tendió nuevamente murmurando con una sonrisa:

—¡Ah, Shere Kahn, nunca te metiste en cacería más funesta que la de Mowgli, la rana, diez años atrás!

Mientras Mowgli se alejaba, oyó en la distancia los salvajes alaridos de la manada cuando Akela rodó por el suelo, arrollado por las patas del gamo que intentaba cazar.

—¡Ha fallado! ¡Ha fallado!

—Bagheera tenía razón —pensó Mowgli preocupado—. Mañana será un día importante para Akela y para mí.

A la mañana siguiente, Mowgli se acercó sigiloso al poblado del Hombre.

Espió a un niño que ponía las brasas de la fogata en una especie de maceta, las cubría y se iba a cuidar el ganado.

Mowgli le siguió un trecho y, cuando estaban a una prudente distancia de la aldea, arrebató al niño la maceta. Éste salió corriendo y gritando del susto.

Mowgli le llevó el fuego a Bagheera.

—Estaba anoche por las tierras de labor cuando oí la bulla de la manada. Ya tengo la Flor. ¡Mira!

—He visto al Hombre arrojar una rama seca sobre eso y al poco rato abrirse la Flor Roja en su extremo. ¿Puedes tú hacer eso? —preguntó la pantera.

Mowgli se pasó todo el día alimentando el fuego con ramas, hasta que pudo manipularlo sin quemarse.

Al anochecer, Tabaqui apareció en la cueva:

—¡Te necesitan en la Peña del Consejo! —dijo con rudeza.

Tabaqui siempre había sido un prepotente; pero esta vez a Mowgli no le importó, porque se imaginaba la cara que pondría cuando viera la Flor Roja.

Mowgli se dirigió a la reunión llevando el tiesto del fuego. Se reía para sus adentros.

Al llegar y sentarse al lado de Bagheera, escondió el tiesto entre las piernas.

La roca del jefe estaba vacante. Akela estaba echado junto a ella. La tristeza embargaba sus viejos ojos. Sabía que pronto iba a morir.

Levantó la cabeza, y dijo pesaroso y digno a la vez:

—Me habéis llevado a atacar un gamo que no estaba cansado, para que cayera en la trampa y fallara. Habéis sido hábiles.

Shere Kahn se pavoneaba con aire satisfecho. Al momento, comenzó a hablar:

—¿A quién le interesa lo que diga este viejo lobo chocho y desdentado?

Mowgli, poniéndose en pie, lo interrumpió:

—¡Pueblo Libre! ¿Qué tiene que ver un tigre con nuestra jefatura? ¿Acaso dirige él la manada?

—¿Quién eres tú para decir nada? —respondió el tigre.

Luego, dirigiéndose a los lobos, rugió:

—Un cachorro humano no puede juntarse con el Pueblo de la Selva. ¡Dádmelo!

—¡Es un Hombre, un Hombre, un Hombre! —gritaron a coro varias voces. La mayoría de los lobos comenzó a acercarse a Shere Kahn, que movía la cola con rítmico vaivén.

—En tus manos está ahora el asunto. Lo único que nos queda es luchar —dijo Bagheera, la pantera.

—¡Mirad lo que os he traído! —dijo Mowgli, arrojando el tiesto con el fuego al suelo.

La hierba comenzó a arder y todo el Consejo retrocedió aterrorizado. Mowgli cogió una rama y encendió su punta. Con ella le pegó en la cabeza a Shere Kahn, que gimoteó como un gatito.

—¡Ajá! ¡Mirad al chamuscado minino de la selva! —dijo Mowgli— Acuérdate de lo que te digo: me voy al poblado del Hombre, y cuando vuelva a la Peña del Consejo, será como un Hombre, cubriéndome la cabeza con tu piel.

Y luego añadió:

—Akela queda en libertad para vivir. ¡No me olvidéis!

Cuando Mowgli bajó de la peña completamente solo, ya se iniciaba el día. También para él se iniciaba una nueva vida con esos misteriosos seres llamados Hombres.

AKELA YA NO PUDO CAZAR MÁS, Y MOWGLI SE QUEDÓ SIN NADIE QUE LO DEFENDIERA ENTRE LA MANADA.

¡HA FALLADO! ¡YA NO ES EL JEFE!

BAGHEERA LE INDICÓ QUE ROBASE EL FUEGO DE LA ALDEA DEL HOMBRE.

¡AQUÍ TENGO LA FLOR ROJA!

LLEVÉMOSLA A LA PEÑA DEL CONSEJO.

CUANDO SE REUNIÓ LA MANADA EN LA PEÑA, MOWGLI DEMOSTRÓ EL PODER QUE TENÍA:

¡MIRAD LO QUE OS HE TRAÍDO!

Y ATACÓ A SHERE KAHN CON EL FUEGO.

¡POBRE GATITO CHAMUSCADO!

MOWGLI NO QUISO QUEDARSE MÁS EN LA SELVA Y SE DIRIGIÓ A LA ALDEA DEL HOMBRE.

ME VOY A LA ALDEA DEL HOMBRE, NO ME OLVIDÉIS.

CAPÍTULO CINCO

El poblado de los Hombres

Mientras, el buey sale,
y uncido en las yuntas arrastra
el arado que cien surcos abre.
Canción matutina de la selva.

Cuando Mowgli se puso en camino hacia las tierras donde vivían los campesinos, no quiso quedarse en el primer poblado que encontró, de donde había robado el fuego. Éste estaba demasiado cerca de la selva, donde acechaba Shere Kahn.

Pasó de largo las tierras de labor y cogió un sendero que lo llevó a un lugar que le era desconocido. Era una gran llanura donde pacía el ganado y a un extremo se veía una aldea.

Cuando los muchachos que guardaban el ganado vieron a Mowgli salieron huyendo y los perros del poblado se pusieron a ladrar.

Mowgli siguió su camino hasta que llegó al poblado. Allí vio venir a un hombre, por lo que abrió la boca y señaló hacia su interior, indicando con ello que tenía hambre.

El hombre salió corriendo y volvió con un sacerdote vestido de blanco y otras cien personas más. Hablaban todos entre ellos y señalaban al niño.

—¡Qué maleducados son los Hombres! —pensó Mowgli—. Sólo los monos grises harían una cosa así.

Cuando llegó a la aldea, no sabía hablar el idioma de los Hombres. Sin embargo, los observaba atentamente para entender por sus gestos lo que decían:

—¡No le tengáis temor! —recomendaba el sacerdote—. Mirad las cicatrices de sus piernas y sus brazos. Esos son arañazos hechos por lobos. Éste es un niño-lobo que se ha escapado de la selva.

—¡Pobrecillo! —exclamaron dos o tres mujeres—. ¡Un niño tan guapo! Mira, Messua, se parece al que te robó el tigre.

—Dejadme mirarlo bien —dijo la mujer.

Llevaba pesados brazaletes de cobre en las muñecas y en los tobillos, señal de su riqueza. Se acercó para ver mejor:

—Es verdad que se parece. Está más flaco, pero es igual que mi niño. Tiene sus mismos ojos.

El sacerdote elevó los ojos al cielo y dijo:

—Lo que la selva te quitó, la selva te lo devuelve. Llévatelo a tu casa, hermana mía.

El buen hombre sabía que Messua era la mujer del aldeano más rico del lugar y que cuidaría bien de Mowgli.

La mujer hizo señas a Mowgli para que la siguiera y el grupo se disolvió, volviendo todos a sus labores.

Entraron a la choza de Messua, quien le ofreció leche y pan, mientras lo llamaba por el nombre que le había dado al nacer:

—¡Nathoo! ¡Nathoo!

Pero Mowgli no dio señales de reconocer el nombre.

—Quizá no seas mi niño —dijo ella con pena—, pero tú te pareces mucho a mi Nathoo y de todos modos serás mi hijo.

Antes de que cayera la noche, ya había aprendido muchos de los nombres de las cosas de la habitación, lo que le hizo sentirse muy bien.

No en vano, Mowgli había aprendido a imitar el grito de alerta del gamo y el gruñido del jabato. Así, cuando Messua pronunciaba una palabra, Mowgli la repetía casi a la perfección.

Pero cuando oscureció y se fueron a dormir, Mowgli se resistió a quedarse bajo techo. Nunca lo había hecho antes y la habitación le recordaba una trampa para panteras.

—¡Déjalo que duerma fuera! —dijo el esposo de Messua—. Piensa que es imposible que sepa lo que es una cama. Si ha venido a reemplazar al hijo que perdimos, no temas, que no se escapará.

Mowgli se tendió en la larga y limpia hierba, con el cielo por techo, a descansar de las emociones del día.

De repente, sintió un frío hocico gris que lo tocaba.

—¡Snif, snif! ¡Ya apestas a humo de leña y a ganado! —lo olisqueó Hermano Gris, el mayor de todos los lobeznos—. Despiértate, que traigo noticias.

Mowgli lo abrazó, preguntando:

—¿Cómo estáis todos?

—Estamos todos bien, excepto los lobos que se quemaron con la Flor Roja.

Hermano Gris se rió, y sus colmillos relucieron blancos a la luz de la luna:

—Shere Kahn se ha ido lejos hasta que le crezca el pelo que le chamuscaste. Pero jura que volverá para vengarse y entonces enterrará tus huesos en el río Waingunga.

—Que jure todo lo que quiera. Yo también he hecho mi juramento, no lo olvides.

—Yo no lo olvido, pero… ¿no te olvidarás tú de que eres lobo? ¿No te harán los Hombres olvidarlo?

—Nunca. Siempre recordaré a todos los de la cueva. Pero también recordaré que los lobos me han echado de la manada.

—Pues ten cuidado y que no te echen de esta manada también. Volveré a visitarte a este mismo sitio. Estate alerta.

Hermano Gris se alejó por esa noche.

En tres semanas, Mowgli apenas salió del poblado. Estaba ocupadísimo aprendiendo las costumbres del Hombre.

Primero tuvo que acostumbrarse a cubrir su cuerpo con una tela. Le resultó bastante incómodo, por cierto.

Luego le intentaron enseñar el valor del dinero, pero esto le resultó imposible de aprender.

Finalmente, tuvo que arar la tierra aunque, la verdad, es que no entendía para qué se hacía.

Además, los niños de la aldea lo molestaban muchísimo, porque no conocía ninguno de sus juegos.

Por fortuna, Baloo, su maestro, le había enseñado a dominar su carácter. Más de una vez les hubiera partido la cara cuando se burlaban de él.

El sacerdote vigilaba el aprendizaje de Mowgli y cuando ya consideró que sabía suficiente, le sugirió al esposo de Messua:

—Ponlo a trabajar cuanto antes.

Así fue cómo Mowgli comenzó a cuidar de los búfalos.

Al volver de los campos, se reunía con los hombres de la aldea, que se sentaban bajo una gran higuera a contar historias por la noche. Por encima de sus cabezas, los monos charlaban también en las ramas del árbol.

Todos los cuentos que contaban eran estupendos: de dioses, Hombres y duendes.

Los que superaban a todos los demás eran los que el cazador del poblado relataba sobre las fieras de la selva.

Como Mowgli había vivido en la selva con los animales, tenía que taparse la cara para que no le vieran reírse de las barbaridades que decía Buldeo.

—El tigre que robó el hijo de Messua es un tigre-duende —dijo Buldeo, con el viejo mosquete cruzado sobre las rodillas—. En su cuerpo habita el espíritu de un malvado usurero.

A Mowgli le temblaban los hombros con la risa contenida.

—No me cabe ninguna duda, porque el usurero era cojo, y el tigre también, ya que las huellas que deja son desiguales.

Mowgli no pudo soportar más semejantes embustes.

—Ese tigre cojea porque nació cojo, como todo el mundo sabe —dijo el muchacho.

Buldeo se quedó mudo de sorpresa.

El jefe, mirando fijamente a Mowgli, le dijo:

—Tú eres el rapaz que vino de la selva, ¿verdad? Pues si tanto sabes, lleva la piel de ese tigre a Khanhiwara. El Gobierno ha ofrecido cien rupias a quien lo mate.

Mowgli se puso en pie para irse.

—En el tiempo que llevo aquí escuchando —dijo desdeñosamente—, he oído sólo mentiras sobre la selva, con lo cerca que la tenéis.

—Vete a la cama, impertinente —le dijo el jefe.

Buldeo se quedó dando bufidos de rabia por el atrevimiento del niño-lobo.

UNA DE LAS MUJERES CREYÓ RECONOCER AL NIÑO QUE EL TIGRE LE HABÍA ROBADO...

SE PARECE AL NIÑO QUE EL TIGRE ME ROBÓ.

Y AUNQUE MOWGLI NO RESPONDIÓ AL NOMBRE QUE ELLA LE HABÍA DADO, LO RECIBIÓ CON CARIÑO.

TÚ SERÁS MI HIJO.

ESA NOCHE, MIENTRAS DORMÍA APARECIÓ HERMANO GRIS.

APESTAS A LA ALDEA DEL HOMBRE.

APRENDIÓ LAS TAREAS DE LOS NIÑOS DE LA INDIA.

ÉSTE ES UN TRABAJO MUY FÁCIL.

LAS HISTORIAS QUE BULDEO CONTABA ERAN MENTIRAS.

ES UN TIGRE-DUENDE. HAN OFRECIDO DINERO POR SU PIEL.

CAPÍTULO SEIS

La caza de Shere Kahn

¡Al tigre, al tigre!
Toda la selva sabe que he dado
muerte a Shere Kahn.
¡Mirad…! ¡Mirad bien, lobos!
Canción de Mowgli al bailar en la Peña del Consejo.

Es costumbre en las aldeas de la India que los niños lleven a pacer al ganado por la mañana y vuelvan por la noche.

Un día partió Mowgli de la aldea a lomos de Rama, el gran toro del rebaño. Los demás búfalos salieron poco a poco de sus establos y lo siguieron, demostrando claramente a Mowgli y a los demás chiquillos que él era quien mandaba.

Generalmente, los búfalos se quedan en las lagunas y tierras pantanosas, y se revuelcan en el barro o toman el sol durante largas horas.

Mowgli los guió hasta el río y le dijo a uno de los niños:

—Cuida del ganado hasta que yo vuelva. Pero ten cuidado, no te apartes de él.

Apeándose de Rama, corrió hacia unas matas de bambú a encontrarse con Hermano Gris.

—¡Hola! —le dijo éste—. Llevo días esperándote. ¿Qué es eso de que estés con el ganado?

—Ahora soy pastor —explicó Mowgli—. ¿Qué noticias me traes de Shere Kahn?

—Ha vuelto a estas tierras y lleva mucho tiempo buscándote. Hoy se ha marchado a cazar más lejos, pero tiene intención de matarte.

—Entiendo. Hagamos lo siguiente: mientras Shere Kahn no vuelva, apóstate en aquella roca todos los días para que yo te vea al salir de la aldea. Pero en cuanto sepas de su retorno, espérame en el barranco.

Dicho esto, los dos se despidieron, y Mowgli siguió cuidando el ganado.

Día tras día, al salir de la aldea, Mowgli miraba hacia la roca. Siempre veía a Hermano Gris en ella para darle la señal.

Sabiéndose seguro, Mowgli pasaba el rato tendido a la sombra de un árbol hasta el atardecer.

Pero una mañana, no vio a Hermano Gris junto a la roca. Mowgli llevó al ganado hasta el barranco convenido y se encontró con su hermano, el lobato. Éste tenía todos los pelos del lomo erizados y le dijo jadeante:

—Anoche, Shere Kahn, junto a Tabaqui, cruzó los campos para seguir tus pasos.

—No le tengo miedo, pero sí que le tengo miedo a la astucia de Tabaqui.

—Pues quédate tranquilo, que yo ya encontré a Tabaqui al salir el sol —dijo el lobo, relamiéndose—. Antes de partirle el espinazo, me contó que Shere Kahn te esperaría al atardecer a la entrada de la aldea. Ahora está echado en el barranco seco del Waingunga.

–¿Está hambriento?

–Ya sabes que él nunca ayuna. Mató un jabalí y también bebió al amanecer.

–¡Si será imbécil! ¡Con la tripa llena y se cree que voy a dejarlo dormir! Si fuéramos diez, lo cazaríamos fácilmente.

Mowgli se quedó pensando con un dedo en la boca.

–El barranco desemboca en la llanura a menos de media legua de aquí. Podría llevar al ganado a través de la selva hasta la parte superior del barranco y despeñarlo por ahí –Mowgli cavilaba–; claro que, entonces, se escaparía por el extremo de abajo. Hermano Gris, ¿no podrías hacer que el ganado se divida en dos grupos?

–Yo solo no, pero he traído a alguien que seguro que nos podrá ayudar.

Hermano Gris salió corriendo y se metió en una madriguera cercana. De allí surgió una enorme cabeza gris que Mowgli reconoció perfectamente.

–¡Akela! ¡Akela! Sabía que podría contar contigo. No sé cómo no se me ocurrió pensar en ti.

Mowgli saltaba y palmoteaba con entusiasmo.

Akela respondió con el más espeluznante sonido que puede oírse en la selva: el aullido de caza de un lobo.

–¡¡¡Auuuuu!!!

El corazón se le llenó de alegría a Mowgli.

–Divididme el ganado en dos: las vacas y los terneros por un lado y los búfalos y los toros por el otro.

Dicho esto, los lobos se pusieron inmediatamente a colocar a los búfalos. Parecía que toda la vida habían sido perros pastores.

Corriendo hacia un lado y hacia otro iban y venían hasta que el ganado quedó perfectamente dividido. Las hembras quedaron dispuestas alrededor de los pequeñuelos. Por defenderlos, estarían dispuestas a atacar en cualquier momento: bufaban y resoplaban con furia.

Los toros, los bueyes de labor y los novillos tenían un aspecto más imponente, pero los lobos sabían que las más peligrosas eran las vacas. Su instinto maternal las convertía en auténticas fieras cuando sus terneros estaban en peligro.

—¿Qué hacemos ahora? Si los dejamos, se volverán a reunir —dijo Akela, jadeante por el esfuerzo.

—Llévate a los toros hacia la izquierda. Y tú, Hermano Gris, lleva a las vacas al pie del barranco.

Mowgli había pensado un sencillísimo plan.

Haciendo un gran círculo a través de la selva, llegaría con los machos a la parte alta del barranco y los haría que bajaran por allí.

Las hembras vendrían por el otro extremo, y Shere Kahn vería cortada su retirada.

Después de haber comido un jabalí de desayuno y bebido bien, el tigre se encontraría demasiado pesado para luchar o trepar las laderas del barranco.

Cuando llegaron hasta allí, Mowgli gritó desde lo alto:

—¡Ladrón de reses! ¡Ya es hora de que te vengas conmigo a la Peña del Consejo!

A lo lejos se oyó el débil rugido de un tigre despertado de su siesta.

—¡Venga, Akela! ¡Ahora!

Mowgli montaba en Rama, el gran toro de la manada. Lo guió hacia abajo, y tras él siguieron todas las demás bestias en tropel, levantando una polvareda sofocante.

Shere Kahn oyó el ruido atronador de las pezuñas, pero la pesadez causada por la comida y la bebida le había quitado todo deseo de luchar.

Comenzó a huir torrentera abajo, mas al oír el mugido de las hembras que se aproximaban, se volvió hacia los machos, que representaban menor peligro.

Pero Rama, el enorme toro que guiaba el rebaño, arremetió contra él, pisoteándolo. También lo hicieron los cientos de pezuñas que venían por detrás.

La confusión arrastró a ambos rebaños hasta la llanura, embistiendo, resollando y dando coces.

En cuanto pudo, Mowgli se apeó de Rama y comenzó a repartir golpes a diestro y siniestro mientras decía:

—¡Rápido, Akela! ¡Llévatelos de aquí! ¡Van a comenzar a pelearse entre ellos!

Cuando Mowgli y los lobos pudieron controlar nuevamente el ganado, Mowgli dijo, cogiendo el cuchillo que llevaba colgado al cuello:

—Shere Kahn ha muerto como un perro. Su piel va a quedar bien en la Peña del Consejo —y comenzó a desollar al tigre.

Trabajó con diestros movimientos, ayudado por los lobos, que tiraban de la piel cuando él lo ordenaba.

Aún así, le llevó más de una hora cortar, tironear y arrancar.

Sus amigos los lobos lo miraban trabajar con las lenguas colgando a un costado de la boca.

SHERE KAHN TE ESPERA ESTA NOCHE.

EL HERMANO GRIS LE DIJO QUE SHERE KAHN HABÍA VUELTO PARA VENGARSE.

SHERE KAHN HABÍA COMIDO Y BEBIDO, Y ESTABA DORMITANDO EN EL BARRANCO.

MOWGLI DECIDIÓ CERCAR A SHERE KAHN CON EL GANADO.

¡VAMOS HACIA EL BARRANCO!

LAS RESES CERCARON A SHERE KAHN, IMPIDIÉNDOLE ESCAPAR.

¡LADRÓN DE RESES! ¡TE LLEVARÉ A LA PEÑA DEL CONSEJO!

MOWGLI PROCEDIÓ A DESOLLAR SU PRESA.

ESTA PIEL ES MÍA. HE CUMPLIDO MI JURAMENTO.

CAPÍTULO SIETE

Adiós a los Hombres

La manada de los Hombres
me ha arrojado de su seno.
Ningun daño les hice, pero
me tenían miedo. ¿Por qué?
Canción de Mowgli al bailar en la Peña del Consejo.

Mowgli estaba concentrado tratando de desollar al tigre, tirando y cortando aquí y allá, cuando, de repente, sintió una mano en el hombro.

Levantó los ojos y vio al viejo Buldeo, el cazador de la aldea. Los niños pastores le habían contado cómo el pánico se apoderó del rebaño. Venía con la idea de aplicarle a Mowgli un castigo por no haber cuidado mejor del ganado.

Los lobos se escondieron en cuanto vieron llegar al Hombre.

—¿Qué es esta locura? —dijo Buldeo malhumorado—. ¿Dónde mataron los búfalos al tigre? ¿Y te crees tú que lo vas a poder desollar solo?

Pero, al observarlo de cerca, exclamó:

—¡Es el tigre cojo por cuya cabeza han ofrecido una recompensa! ¡Bien, bien! Pasaré por alto el que hayas dejado escapar al ganado y quizá te dé una o dos rupias de premio cuando lleve la piel a Khanhiwara.

Buldeo buscó los utensilios para encender fuego y se agachó a quemarle los bigotes a Shere Kahn, una costumbre de los cazadores indígenas para que el espíritu que habita en el tigre no los persiga luego.

Mowgli continuó arrancándole la piel a una pata del tigre.

—¡Aparta ese fuego, viejo! La piel es mía y la necesito yo para mi propio uso.

—¡Cómo te atreves a hablarle así al jefe de los cazadores de la aldea! ¡Apenas si puedes desollar al tigre, y me dices a mí, a Buldeo, que no le queme los bigotes! ¡Te daré una buena paliza! ¡Suelta ese animal!

—¡Akela, ven aquí! ¡Rápido! ¡Líbrame del este pesado! —vociferó Mowgli en la lengua que utilizaba para hablar con sus hermanos.

Buldeo, que no se había percatado de la presencia de los lobos hasta entonces, se encontró de repente de espaldas en la hierba con un lobo gris encima.

Mowgli siguió con su trabajo con toda la tranquilidad del mundo, mientras murmuraba:

—Entre este tigre cojo y yo había un duelo pendiente desde hacía mucho tiempo. Y yo he vencido.

Buldeo estaba paralizado de miedo. Aquello de que los animales obedecieran al chico, era magia de la peor clase. Probablemente el lobo no fuera un lobo, sino un demonio.

El cazador permaneció tendido, esperando que Mowgli se convirtiese también en tigre.

—¡*Maharaj!* ¡Gran Rey! —exclamó el viejo con voz ronca.

—¿Cómo? —preguntó Mowgli sonriendo con aire satisfecho.

—Soy sólo un viejo. No sabía que fueras algo más que un niño, que tuvieras tanto poder. ¿Me permites que me vaya o va a matarme este servidor que tienes?

—Vete, vete en paz. Pero la próxima vez no te metas con mis presas. ¡Suéltalo, Akela!

Como Buldeo no comprendía el lenguaje de los lobos, pensó que Mowgli decía palabras mágicas para dominar a las fieras.

Salió corriendo como alma que lleva el diablo hacia la aldea, mirando por encima del hombro para ver si lo seguían.

Cuando llegó a la aldea, contó tal historia de magia, brujería y encantamiento, que el sacerdote se puso muy serio.

Mowgli continuó con su labor y al anochecer terminó, con la ayuda de los lobos, de quitarle al tigre su vistosa piel.

—Escondamos esto mientras devolvemos el ganado a la aldea.

Cuando se aproximaban al poblado, Mowgli vio unas luces y una multitud a las afueras del pueblo.

En el aire resonaban las campanas del templo y las caracolas marinas que la gente soplaba.

—Será porque he matado a Shere Kahn —pensó alegremente el niño.

Pero al acercarse, una lluvia de piedras silbó en sus oídos mientras la gente gritaba:

—¡Aléjate, hechicero! ¡Diablo de la selva! ¡Dispara, Buldeo!

Buldeo disparó su viejo mosquete con gran estruendo, y uno de los búfalos lanzó un mugido de dolor.

—¡Ha desviado la bala! ¡Ha herido a tu búfalo, Buldeo! ¡Es otro hechizo! —gritó la gente.

Mowgli no comprendía lo que estaba sucediendo.

Akela, que era muy sabio, le dijo:

—Estos hermanos tuyos se parecen a la manada. Me da la impresión de que te quieren echar de este lugar.

El sacerdote agitó una ramita de *tulsi,* la planta sagrada.

—¡Lobo! ¡Lobato! ¡Márchate! —le dijo.

—¿Otra vez me echan? La anterior, porque era un Hombre. Ésta, porque soy un lobo. ¡Vámonos, Akela!

Messua corrió hacia Mowgli y le gritó:

—¡Hijo mío! Dicen que eres un hechicero y que te puedes convertir en fiera. Yo no los creo, pero si te quedas te van a matar. Buldeo dice que eres un brujo, pero yo sé que no has hecho más que vengar la muerte de Nathoo.

—¡Atrás, Messua, vuelve con nosotros! —gritó la gente.

—Vuelve, Messua —dijo Mowgli—. No soy ningún brujo. Lo que dicen es una de esas historias que cuentan bajo la higuera al anochecer. Corre cuanto puedas, porque voy a echar al rebaño contra ellos. ¡Adiós!

Apenas necesitaron las reses que Akela las azuzara un poco, para lanzarse al galope a través de las puertas de la aldea.

El gentío se dispersó a derecha e izquierda.

—¡Contad el ganado, veréis que no os falta ni un animal! —dijo Mowgli con desdén—, y dad gracias a Messua de que no vaya yo con mis lobos a daros vuestro merecido.

Dando la vuelta, echó a andar con Akela, el Lobo Solitario, y mirando con alegría las estrellas, dijo:

—Por fin dejaré de dormir en una trampa. ¡Vámonos! Recojamos la piel de Shere Kahn. Messua ha sido tan buena conmigo, que no le causaremos a la aldea ningún daño.

Cuando la luna ya estaba alta en el cielo, los aterrorizados aldeanos vieron pasar a Mowgli, con un bulto sobre la cabeza, seguido por dos lobos.

Echaron al vuelo las campanas, volvieron a soplar las caracolas y Messua lloró por su hijo perdido.

Buldeo adornó tanto la historia de su encuentro con el lobo, que acabó por decir que Akela había hablado como un hombre.

Mowgli llegó con sus hermanos a la Peña del Consejo y sujetó la piel con cuatro trozos de bambú. Entonces, Akela aulló para convocar a la manada.

Aunque hacía tiempo que los lobos no lo tenían por jefe, respondieron a su llamada.

—¡Miradlo, miradlo bien! —dijo Akela cuando estuvieron todos reunidos, como lo había hecho la primera vez que Mowgli fue a la Peña del Consejo.

Los lobos, Baloo y Bagheera vieron la enorme piel del tigre extendida con sus garras vacías balanceándose.

Entonces, Mowgli comenzó a bailar y cantar una canción, marcando el ritmo con los talones sobre la piel de su enemigo, mientras los lobos aullaban.

Cuando se le acabó el aliento, Mowgli se dirigió a la manada:

—Me han arrojado de la manada de los lobos y de la de los Hombres. De ahora en adelante, cazaré solo en la selva.

—Y nosotros contigo— dijeron los cuatro lobatos.

Así, Mowgli se marchó y cazó con ellos en la selva a partir de aquel día.

BULDEO SE QUISO
APODERAR DE LA PIEL...

ME LLEVARÉ
LA PIEL PARA
COBRAR LA
RECOMPENSA.

¡AKELA,
VEN AQUÍI,
¡LÍBRAME
DE ESE
PESADO!

BULDEO SE ENCONTRÓ DE REPENTE CON
UN LOBO GRIS ENCIMA.

LAS MENTIRAS DE BULDEO HICIERON
QUE EL PUEBLO SE VOLVIERA CONTRA
MOWGLI.

MOWGLI VOLVIÓ A DEMOSTRAR QUE ÉL ERA EL
REY DE LA SELVA...

¡MIRADLO,
MIRADLO BIEN!

... PERO NO QUISO QUEDAR-
SE ENTRE LOS LOBOS. SUS
HERMANOS LO SIGUIERON.

7

CAPÍTULO OCHO

Mowgli salda una deuda

Furiosa está la manada
de los Hombres.
Canción de Mowgli al bailar en la Peña del Consejo.

Lo primero que hizo Mowgli, fue irse a la cueva que había sido su hogar.

Allí durmió durante todo un día y una noche.

Cuando despertó, les contó a Mamá y a Papá Lobo las aventuras que había corrido entre los Hombres.

Luego, Akela y Hermano Gris contaron cómo habían tomado parte en la gran embestida de los búfalos en el barranco.

Baloo también subió hasta la cueva para oírlo todo, y Bagheera se rascaba de gusto al ver cómo Mowgli había dirigido la batalla.

—¡Ah, madre, si hubieras visto cómo embistieron los toros por las puertas de la aldea cuando la "manada" de Hombres me apedreaba! —concluyó Mowgli.

Mamá Loba estaba muy tiesa.

—Pues no me hubiera gustado nada. ¡Que te trataran como a un chacal! Buen desquite hubiera tomado yo. A la única que hubiera perdonado habría sido a la mujer que te dio la leche.

52

—¡Deja a los Hombres en paz, Raksha! Lo importante es que nuestra rana ha vuelto —dijo perezosamente Papá Lobo.

—Sí, deja al Hombre en paz —repitieron como un eco Bagheera y Baloo.

—Pero... —dijo Akela con las orejas alerta—, ¿y si el Hombre no te dejara en paz a ti?

—Todos podríamos tomar parte en su cacería —dijo Bagheera levantando un poco la cola y mirando a Baloo.

—¿Por qué piensas ahora en los Hombres? —le preguntó Baloo.

—Porque cuando Mowgli vino con la amarilla piel de ese ladrón, yo me ocupé de volver por el mismo rastro y borrarlo bien, por si alguien nos seguía. Pero luego vino Mang, el murciélago, y me dijo que la aldea donde vive la manada de Hombres que echó al cachorro humano está hecha un avispero —contestó Akela.

Mowgli se rió:

—Es que la piedra que yo les tiré era bastante gorda —dijo, comparando el jaleo que había montado con las veces que arrojaba una fruta a un avispero y se zambullía en la laguna más cercana.

—Mang me contó que hay muchos Hombres con rifles sentados alrededor de la Flor Roja —dijo Akela con preocupación—. Cuando los Hombres cogen las armas... ¡Malo, malo!

—Pero si ya me han echado de su lado. ¿Qué más quieren?

Pero nadie respondió a su pregunta, porque, de repente, Bagheera levantó la cabeza y cada fibra de su cuerpo se puso tensa. Y Hermano Gris hizo lo mismo, mientras olfateaba el aire. Akela se agazapó, los músculos de su cuerpo listos para el ataque.

Mowgli sintió envidia al mirarlos. Los tres meses en la ahumada aldea del Hombre habían mermado su sentido del olfato. Se humedeció un dedo y, frotándoselo contra la nariz, se irguió para oler también.

—¡El Hombre! —gruñó Akela.

—¡Es Buldeo! Sigue nuestro rastro. ¡Mirad! —señaló Mowgli donde destelleaba el arma del cazador.

—Ya sabía yo que seguirían el rastro. Por algo he dirigido la manada —dijo Akela.

Los cuatro cachorros comenzaron a correr montaña abajo, casi fundiéndose con la maleza.

—¡Esperad, volved! ¡No podemos atacarlo! ¡Aún no!

—Tiene razón el hombrecito —dijo Bagheera—. Matar a uno, sin saber qué van a hacer los demás, es cazar mal. Primero veamos qué es lo que éste intenta.

El rastro que Mowgli había dejado era bien fácil de seguir, ya que llevaba al hombro la sangrante piel del tigre.

Pero, a partir de cierto punto, Akela se había ocupado de ocultar bien las señales.

Cuando Buldeo llegó allí, empezó a caminar adelante y atrás, murmurando y echando miradas temerosas a la espesura, donde estaban escondidos Mowgli y sus amigos.

—¿Qué dice? —le preguntaron éstos.

—Dice que manadas enteras de lobos debieron bailar en torno a mí, y que en su vida ha visto tal rastro —tradujo Mowgli.

En eso, se aproximó un grupo de hombres.

Se sentaron todos y encendieron sus pipas. Entonces, Buldeo les contó cómo había dado muerte a Shere Kahn, y cómo Mowgli se había convertido en lobo y había luchado con él toda la tarde, para luego convertirse en niño otra vez.

Les contó una sarta de mentiras más:

—Messua y su marido, los padres, están prisioneros en su choza —les dijo—. Cuando yo vuelva con el cuerpo del niño-diablo, los mataremos. Luego, nos repartiremos sus tierras y sus búfalos.

Y es que el esposo de Messua era el hombre más rico del pueblo. No en vano querían las gentes de la aldea acusarlos de brujería.

Al oír esta información, Mowgli partió a toda prisa hacia la aldea del Hombre, pero antes, dijo a sus compañeros:

—Cantadles un poco. Y tú, Bagheera, acompáñales. Pero cuando sea de noche, vente a la aldea. Hermano Gris sabe dónde es.

Mientras Mowgli se alejaba, pudo oír los aullidos de los lobos y los gruñidos de Bagheera. Y vio cómo los hombres temblaban de miedo.

Al llegar a la aldea, se metió en la choza de Messua por la ventana, y allí encontró a ésta y a su esposo atados y amordazados.

Les cortó las ataduras y les quitó la mordaza.

—Sabía que vendrías. ¡Ahora estoy segura de que eres mi hijo! —sollozó Messua, estrechando a Mowgli contra su pecho.

Cuando se calmaron un poco, Mowgli les dijo:

—Ya tenéis libres las manos y los pies. Marchaos ahora mismo.

—¡Pero nos seguirán y nos traerán aquí otra vez! —exclamó el hombre con cara seria.

—No os preocupéis. Dentro de poco, los aldeanos tendrán muchas otras cosas en qué pensar —dijo Mowgli esbozando una maliciosa sonrisa.

—¿Y si nos perdemos? ¿Y si nos atacan las fieras? —preguntó Messua con temor.

–No temáis. Delante y detrás de vosotros habrá un poco de "canturreo" de la selva –contestó el muchacho.

El hombre y la mujer lo miraron perplejos.

–Quiero decir aullidos, gruñidos. Pero ni un solo diente se clavará en vuestra piel, ni una garra se levantará contra vosotros. Además, tendréis quien os vigile –les aclaró Mowgli.

Messua abrazó a su hijo y lo colmó de bendiciones.

Mowgli los ayudó a salir de la choza sin que nadie los viera, y emprendieron el camino a Khanhiwara, para ponerse bajo la protección de los ingleses.

Sin que ellos lo supieran, Mamá Loba los seguía para cuidarlos.

MOWGLI FUE A CONTARLE A SU MADRE CÓMO HABÍA CAZADO A SHERE KAHN.

¡SI LO HUBIERAIS VISTO!

SE ENTERARON DE LOS PLANES DE LOS HOMBRES...

¡QUEMAREMOS A MESSUA Y A SU MARIDO VIVOS!

... Y MOWGLI ACUDIÓ A RESCATAR A MESSUA Y A SU MARIDO.

¡SABÍA QUE VENDRÍAS A RESCATARNOS!

MESSUA LO COLMÓ DE BENDICIONES ANTES DE PARTIR.

¡AHORA ESTOY SEGURA DE QUE ERES MI HIJO!

PROTEGIDOS POR LA OSCURIDAD DE LA NOCHE, ESCAPARON DE LA ALDEA.

¡PROTÉGELOS!

CAPÍTULO NUEVE

La venganza de Mowgli

Hierba, flor y enredadera,
tended sobre todo un velo:
que del Hombre se borre
hasta el más leve recuerdo.

En cuanto Messua y su esposo se fueron a Khanhiwara, Bagheera entró en la choza donde estaba Mowgli.

—Buldeo llegó a la aldea muerto de miedo —anunció.

Se oía al cazador contando sus aventuras en la selva.

—Buldeo ha de estar inventando cantidad de mentiras.

Bagheera se tendió sobre la cama como un gato, y ésta crujió bajo el peso del enorme animal.

—¡Qué sorpresa se llevarán los aldeanos cuando descubran que tus padres se han escapado!

Mowgli y Bagheera no podían contener la risa.

De pronto, bajo la higuera, alguien gritó:

—¡Ya les enseñaremos a recoger lobos o diablos!

Mowgli pudo ver que la gente se aproximaba gritando y blandiendo palos, garrotes, hoces y cuchillos.

—Ocúpate tú. Es importante que la manada de hombres no sepa la parte que he tomado yo en este juego.

58

Y dicho esto, Mowgli saltó por la ventana. No quería perderse detalle de lo que ocurría fuera.

La ruidosa multitud derribó la puerta de la choza, y un montón de gente se precipitó en la habitación gritando y amenazando a la luz de las antorchas.

Bagheera estaba tendida en la cama, las zarpas colgando por el borde, los ojos luciendo como fuego.

Al verla, la gente intentó retroceder hacia la puerta, pero se montó un jaleo espantoso: los de dentro arañaban y empujaban a los de fuera; los de fuera no se daban cuenta de lo que sucedía. Bagheera levantó la cabeza y bostezó lentamente. Se veían sus dientes amenazadores y su roja lengua enroscada. Los hombres empezaron a gritar:

—¡El diablo! ¡El demonio! ¡Han convocado a los malos espíritus para que los ayuden! —y salieron de la choza, que quedó vacía en un segundo.

Bagheera salió por la ventana y se reunió con Mowgli.

—No saldrán hasta la mañana. Y ahora, ¿qué? —le dijo.

Mowgli se quedó pensando. Tenía la cara sombría.

—A descansar. Ya hemos hecho bastante por hoy.

Mowgli corrió hacia la selva, se dejó caer sobre una roca, y durmió durante un día y una noche.

Al despertarse, Bagheera estaba a su lado con un gamo recién cazado para él. Mientras Mowgli se alimentaba, ésta le contó:

—Messua ha llegado sana y salva a su destino.

—¿Cómo lo has sabido? —preguntó Mowgli con la boca llena.

—Tu madre mandó un mensaje por medio del milano Chil. La manada humana ni se ha movido de sus casas.

Mowgli rió al imaginar el susto de los aldeanos.

—Ya nos hemos divertido lo suficiente. Olvidemos la manada de los Hombres —dijo Bagheera.

—Primero tengo un trabajo para Hathi y sus hijos.

—¿Qué pueden hacer ellos que no podamos hacer nosotros?

—Que vengan a ver a Mowgli, la rana. Diles que vengan *por la destrucción de los campos de Bhurtpore.*

Bagheera partió ágil y rápida por las ramas de los árboles, sorprendida por la autoridad de Mowgli.

Al volver de su encargo, la pantera, perpleja, le dijo al niño:

—Fueron como palabras mágicas. Ahí vienen.

A lo lejos se acercaban cuatro enormes elefantes.

Hathi saludó con el grito de "¡Buena suerte!", con el que se saludan los habitantes de la selva.

—Os voy a contar un cuento que me relató el cazador —dijo Mowgli después de saludarles:

—Hace muchas, muchísimas lluvias, un elefante viejo y sabio cayó en una trampa. Un palo afilado que había en el fondo del agujero, le produjo una herida.

Hathi, el padre, se movió, y una larga cicatriz blanca en su costado brilló a la luz de la luna.

—Unos hombres vinieron a sacarlo de la trampa y llevárselo para hacerlo trabajar, pero él rompió las cuerdas y se escapó —prosiguió Mowgli.

Luego, dirigiéndose al elefante, el niño añadió:

—Continúa tú, Hathi.

—El elefante esperó hasta que se le curó la herida y luego volvió a los campos de aquellos cazadores con sus tres hijos.

Destruyó las cosechas y atacó tantas noches, que los hombres se marcharon.

—Pues esa vez lo hiciste bien, Hathi, el de la cicatriz.

—Sí, así se produjo *la destrucción de los campos de Bhurtpore*, hace muchas lluvias.

—Esta vez yo te dirigiré para que salga aún mejor —dijo Mowgli—. ¡Lanza la selva contra la aldea, Hathi!

Bagheera se estremeció. Eso de borrar toda una aldea de la faz de la tierra, la aterrorizaba.

—Sólo quiero que se marchen y busquen nuevos cubiles. ¡Lanza sobre ellos a toda la selva, Hathi! —gritó Mowgli.

—¡Tu guerra es mi guerra! ¡Lanzaremos a toda la selva! —dijo Hathi, que había sufrido en su propia piel el dolor que causa el Hombre.

Bagheera miraba al niño llena de respeto y temor.

Los elefantes se fueron cada uno en una dirección. Se alejaron por los valles y anduvieron durante dos días por la selva. Entre los animales hicieron correr el rumor de que en cierto valle, junto a la aldea, había más comida.

—¡Vamos allá! —se dijeron los jabalíes, que eran capaces de ir hasta el fin del mundo para glotonear.

Los ciervos los siguieron, y también las zorras.

—¿A dónde vais? —preguntó el búfalo de agua.

A él se sumaron el nilghai, el antílope de la India y otros muchos. Manadas de animales comenzaron a caminar hacia la aldea.

—¡Seguid, seguid! —decía Sahi, el puerco espín—. ¡Hay cosas excelentes que comer más adelante!

—¡Ánimo! —chillaba Mang, el murciélago.

Y Baloo los guiaba.

El círculo en torno a la aldea se fue cerrando. Los ciervos y los nilghai comieron la cebada; los murciélagos, sus frutas, y los jabalíes arrancaron las raíces, haciendo enormes agujeros.

Los elefantes atacaron en la oscuridad y, con sus enormes colmillos, arrancaron los tejados de las chozas, que se derrumbaron.

Y el Hombre ni pudo recoger sus cosechas ni sembrar, porque todo le destruían. Entonces, hizo ofrendas en el templo, pero la destrucción continuaba día tras día.

Ya no les quedaba nada que perder. Pero retrasaron su partida, porque no querían dejar sus hogares.

Entonces las fuertes lluvias los pillaron por sorpresa. La selva reverdeció en los campos. Crecieron las enredaderas, treparon por las vigas de las casas; la verde hierba cubrió el suelo donde antes estaban sus camas y sus baúles.

Y el Hombre tuvo que ir, caminando por el barro, a acogerse a la caridad de las gentes de Khanhiwara.

Los cuatro elefantes, poniéndose en fila, embistieron contra el muro que protegía la aldea, derrumbándolo con estruendo.

Al terminar las lluvias, la selva entera rugía a pleno pulmón donde seis meses antes el arado removía la tierra.

CUANDO LOS HOMBRES LLEGARON A BUSCARLOS, SE ENCONTRARON A BAGHEERA.

ENTONCES A MOWGLI SE LE OCURRIÓ UN PLAN.

VE A BUSCAR A HATHI, EL ELEFANTE.

HATHI COMENZÓ A CONVOCAR A TODOS LOS ANIMALES DE LA SELVA...

¡VAMOS ALLÁ!

... QUE FUERON CERRANDO EL CÍRCULO EN TORNO A LA ALDEA...

...Y ATACARON A LOS HOMBRES HASTA DESTRUIRLO TODO...

¡UN ESPÍRITU MALIGNO DE LA SELVA LA HA TOMADO CON NOSOTROS!

... HASTA QUE LA SELVA VOLVIÓ A REINAR EN LA ALDEA.

CAPÍTULO DIEZ

Los perros jaros

¡Por los dulces peligros de la noche!
¡Por el dormir de día, dulce y grato,
allá en la entrada del cubil!
¡Por todo, guerra a muerte juramos!

La parte más agradable de la vida de Mowgli empezó después de que la selva invadiera la aldea.

Su conciencia estaba tranquila. Consideraba que había pagado sus deudas. Era amigo de cuantos en la selva vivían, y todos lo miraban con gran respeto.

Pasaron los años. Mamá y Papá Lobo murieron. Mowgli tapó entonces la entrada de la cueva con una gran roca y entonó entre sollozos la "Canción de la Muerte", acompañado por sus *cuatro* hermanos lobos. Bagheera comenzó a perder su agilidad, y Baloo, su vista.

El pelaje de Akela, que era gris, se puso blanco como la nieve. Y la manada eligió por fin un jefe nuevo, Fao, que los gobernó con justicia.

Mowgli comenzó a ocuparse entonces de todos sus viejos amigos, que tan bien le habían enseñado la Ley de la Selva, y cazó para ellos.

Una tarde, al caer el sol, el hombrecito llevaba a Akela medio gamo para compartir con él. Los *cuatro* lo acompañaban, jugando y mordiéndose como si todavía fueran lobeznos.

De repente, se oyó un grito como nunca se había vuelto a oír desde los tiempos de Shere Kahn.

Los lobos dejaron de jugar en el acto, erizaron los pelos y empezaron a gruñir.

—¡Es el *feeal*! ¡Es el grito de socorro! —exclamaron.

Y el horroroso grito se elevó en el aire, medio sollozo, medio risa ahogada, como si lo emitiera un chacal con labios humanos.

—¿Son el tigre y el chacal cazando? —preguntó Mowgli, que en su vida había oído semejante grito.

—No —le respondieron—, eso es alguna gran cacería.

Mowgli comenzó a correr hacia la Peña del Consejo, adelantándose en el camino a los otros lobos de la manada que también corrían hacia el mismo lugar.

Fao y Akela estaban sobre la peña y, más abajo, los demás permanecían sentados, con los nervios en tensión.

De pronto, del otro lado del río aulló un lobo. No era ninguno de la manada, porque éstos se hallaban todos en la Peña del Consejo.

El aullido se fue prolongando y tomando un tono como de desesperación:

—¡Dhole! —decía—. ¡Dhole! ¡Dhole! ¡Dhole!

Se oyeron unos pasos cansados que se aproximaban, y apareció un lobo solitario, cubierto de heridas y sangre, con una pata destrozada.

—¡Buena suerte! ¿Quién es tu jefe? —preguntó Fao.

El pobre lobo apenas podía hablar, tan cansado y débil estaba:

—¡Buena suerte! Soy *Won-tolla* —contestó.

Con eso quería decir que no tenía manada, sino que vivía solitario en un cubil, con su familia.

Y entre temblores de debilidad, jadeó:

—¡Los *dhole*, los *dhole* se aproximan, matando todo lo que se pone a su paso! Yo tenía compañera y tres lobatos. Un amanecer, me los encontré a los cuatro muertos sobre la hierba. Los cuatro... los cuatro muertos al amanecer. Y los perseguí.

Akela empujó con la pata el gamo que Mowgli le había traído:

—¡Come!

—¿Cuántos eran? —preguntó Mowgli mientras Won-tolla se lanzaba sobre la carne.

—No lo sé —respondió entre bocado y bocado—, pero tres de ellos seguro que no contarán más el cuento. Me siguieron como a un gamo, haciéndome correr con las tres patas sanas que me quedaban.

Fao preguntó entonces:

—¿Iban cachorros con los *dhole?*

—No, no. Sólo cazadores. En cuanto me recupere, podréis contar conmigo.

Akela y Fao se miraron preocupados. Hasta el tigre les cede el paso a los *dhole* cuando éstos salen a cazar en línea recta por la selva. Lo despedazan todo. No son muy grandes de tamaño, pero tremendamente fuertes. Y en una manada se pueden contar más de cien individuos.

Hathi le había relatado a Mowgli lo temibles que son los *dhole* cuando van de caza. Mowgli y el Pueblo Libre los despreciaban por tres motivos: no vivían en cuevas, no olían como ellos y, sobre todo, porque les crecía pelo entre los dedos de las patas.

Akela también sabía algo con respecto a los perros jaros, porque le dijo por lo bajo a Mowgli:

—Más vale morir luchando entre todos los de la manada, que solo y viejo. Ésta será mi última cacería. Vete y cuando termine, te avisaremos.

Mowgli se enfadó con su viejo amigo y exclamó:

—Yo tuve un lobo por padre y una loba por madre. Y otro lobo gris, ahora blanco, que fue como mi madre y mi padre juntos.

Y Mowgli levantó la voz:

—Cuando los *dhole* vengan, Mowgli y el Pueblo Libre lucharán por igual contra ellos. Este cuchillo será un colmillo más con el que contar en la batalla.

Won-tolla, un poco recobrado después de comer, sugirió a la manada:

—Huid, huid hacia el norte. Escondeos hasta que pasen. En esta cacería no vais a conseguir carne.

—¡No son más que unos perros con el vientre amarillo y pelos entre los dedos de las patas! —reía Mowgli.

Luego, el muchacho añadió:

—¿Huir el Pueblo Libre como ratoncillos? ¡Juremos que defenderemos a las hembras, a los lobatos y los cubiles, que son nuestro hogar!

La manada contestó con un aullido unánime.

—¡Lo juramos! ¡Lo juramos!

—Quedaos aquí —les dijo Mowgli entonces—, porque necesitaremos todos los dientes de que dispongamos. Mientras Akela y Fao lo preparan todo para la batalla, yo iré a ver cuántos perros vienen.

Won-tolla lo siguió con la vista cuando se alejaba.

—¿Qué puede hacer éste contra los perros jaros? —dijo—. Acordaos que hasta el *Rayado* huye de ellos.

—Cómo se nota que tú eres un lobo solitario y no te enteras de nada. Ven que te cuente mientras esperamos —dijo uno de los lobos.

Y mientras Mowgli se perdía en la espesura, los lobatos le contaron a Won-tolla las hazañas del hombrecito. Cómo había dado muerte a Shere Kahn y salvado a Hathi de una segunda trampa para elefantes; cómo había luchado con un cocodrilo durante toda la noche y había roto su cuchillo en las fuertes placas del lomo del animal.

Innumerables cuentos, cada uno de ellos tan largos como la presente historia.

UN DÍA, UN HORROROSO GRITO RESONÓ EN LA ESPESURA.

¡ES EL FEEAL!

AL CONVOCARSE EL CONSEJO, PRONTO SUPIERON DEL PELIGRO.

¡LOS DHOLE! ¡HUID!

¡HUID!

Y LOS LOBOS JURARON DEFENDER LA MANADA.

¡JUREMOS DEFENDER NUESTRA MANADA!

LOS LOBATOS INFORMARON AL VISITANTE DEL PODER DE MOWGLI.

¡ÉL MATÓ A SHERE KAHN!

¡SALVÓ LA VIDA A HATHI!

CAPÍTULO ONCE

Kaa ayuda a Mowgli por segunda vez

¡Por el placer de perseguir las piezas,
que locas huyen con terror incauto!

 owgli corría tanto, que apenas miraba dónde ponía los pies, y cayó de bruces sobre los anillos de Kaa.

La pitón se hallaba al acecho frente a un sendero frecuentado por los ciervos:

—¡¿Qué passsa que vienesss haciendo tanto ruido y essspantándome la caza?!

—Es verdad, perdona. Iba en tu busca, Cabeza Chata. Cada vez que te veo, has crecido y cambiado de piel. No hay nadie en la selva como tú, fuerte y hermosísima Kaa, discreta anciana.

Ésta se tranquilizó como siempre lo hacía ante los halagos y puso sus anillos de tal forma, que Mowgli quedó acostado en un cómodo sillón. El hombrecito le relató entonces los acontecimientos:

—Puesss, sssseré muy lisssta, como tú dicesss, pero me esssstoy quedando sssorda como una tapia. No he oído el *feeal*. No me extraña que losss que viven en la hierba esssstén tan inquietosss. ¿Cuántosss sson losss *dhole*?

—No los he contado todavía. ¡Que magnífica cacería será! Pocos de nosotros viviremos para contarlo —contestó Mowgli.

—¿Tú también vasss a tomar parte en ella? Tú eresss un Hombre.

—Es verdad que soy un Hombre —replicó el muchacho—. Pero pertenezco al Pueblo Libre hasta que hayan pasado los *dhole*.

—¿Y qué piensssasss hacer cuando vengan losss *dhole*?

—Pensaba atacarlos con la manada cuando cruzaran el río. ¿Tienes tú algún plan mejor?

—Ven conmigo al río y te mossstraré cómo hay que proceder contra ellosss —respondió Kaa, poniéndose en movimiento.

Kaa hizo que Mowgli se cogiera a su cuello con un brazo y pusiera todo su cuerpo paralelo al larguísimo cuerpo de ella.

Entonces Kaa embistió contra la corriente y dejaron ambos una estela grande como la de una motora.

Al poco rato Kaa se detuvo, sujetándose con su fuerte cola a una roca del fondo del río y haciendo un flotador para Mowgli con sus anillos.

Pero Mowgli no estaba contento. En el aire flotaba un olor dulzón que no le gustó nada.

—Estamos en la Morada de la Muerte. ¿Porqué me has traído aquí? —dijo Mowgli asustado.

A ambos lados del río se alzaban las verticales y carcomidas paredes de la garganta del Waingunga. Parecían adornadas con cortinas de terciopelo negro y Mowgli sintió una opresión en el estómago, porque aquello que brillaba eran miles y miles de abejas de la India, cuya picadura es tan mortal como la de la cobra.

La miel chorreaba por algunas de las hendiduras. Eso provocaba el olor. Olor a muerte.

Kaa le explicó:

—Ahora no ssson peligrosssasss porque essstán dormidasss, pero cuando caliente el sssol, mejor ssserá que no essstemos aquí. Mira —y lo llevó nadando hasta un remanso del río donde se veían varios esqueletos de animales—, ésssasss ssson lasss presssasss que mataron esssta essstación.

Mowgli pudo ver que ni los chacales ni los lobos habían tocado los esqueletos, que estaban en el suelo en posición natural.

Kaa le contó entonces:

—Hace muchasss lluviasss, venía un gamo perssseguido desssde el sssur, llevando trasss de sssí a toda una jauría de perrosss. Sssaltó desssde lo alto de la garganta al agua y sssalvó su vida.

—¿Y cómo pudo hacerlo? —se interesó Mowgli.

—El sssol essstaba ya alto y el Pueblo Diminuto essstaba desss- pierto. El gamo essstaba ya en el agua cuando ssse organizó el enjambre para atacarlo. Algunosss perrosss murieron antesss de tocar el agua. Los demásss murieron allá arriba.

—¿Y el gamo vivió? —insistió Mowgli.

—Por lo menosss no murió entre losss dientesss de losss perrosss —la cabeza de Kaa estaba pegada a la oreja de Mowgli tratando de convencerle—. Sssi la vieja Kaa essstuviera esssperan- do a cierto hombrecito en el río para que éssste no ssse hiciera daño al caer... y detrásss de él fueran todosss losss *dhole* sssi- guiéndole el rasssstro... ¿Qué te parece el plan?

—Es jugar con la muerte, pero tú sabes más que nadie.

—Sssi losss *dhole* essstán ciegosss de furia, te ssseguirán sssin mirar por dónde van. Losss que no mueran por lasss picadurasss, caerán al Waingunga. Lasss aguasss los arrasssstrarán hasssta el remansssso –prosiguió Kaa–. Allí losss pueden esssperar losss lobosss de Ssseeoane y terminar con losss que queden.

–¡Ni una lluvia caída en el medio de la estación seca es mejor que este plan! –dijo Mowgli.

–Ocúpate de enfurecerlosss lo sssuficiente. Essso es importantísssimo –le aconsejó Kaa.

–No te preocupes, ya se me está ocurriendo cómo.

Entonces, se fueron los dos: Kaa a informar a la manada dónde y cuándo debían prepararse, y Mowgli al encuentro de los temidos perros jaros, que seguían esparciendo el terror por donde pasaban.

Mowgli tomó el camino de los monos, porque así no corría ningún riesgo. A partir de cierta altura, estaba a salvo de los *dhole*. Pero antes de subirse a los árboles, recogió un atadito de ajo silvestre, que Baloo le había enseñado a reconocer. Sabía qué poco le gustaba al Pueblo Diminuto el olor que despedían esas plantas.

De repente, sintió el espantoso olor de los perros salvajes, que seguían el rastro dejado por Won-tolla la noche anterior, y les gritó desde las alturas:

–¡Buena suerte!

Ellos no le respondieron, porque no son un pueblo muy hablador, ni siquiera entre ellos mismos; pero el que los dirigía se detuvo, y detrás de él, los demás. Serían unos doscientos los perros que formaban aquel terrible grupo.

Desde donde estaba, Mowgli podía ver que no eran ni la mitad de grandes que los lobos, con sus largas colas peludas y su puntiagudo hocico. Pero también sabía lo peligrosos que eran y la fuerza que tenían en sus ensangrentadas dentaduras.

—¿Con qué permiso estáis aquí? —preguntó Mowgli, para entretenerlos y que se olvidaran del rastro, que los llevaría derechitos a los lobos de Seeoane.

—Somos los dueños de todas las selvas —dijo uno, enseñándole los dientes.

Mowgli les empezó a hacer burla desde el árbol y consiguió que todos los perros lo rodearan.

Entonces hizo algo que puso fuera de sí a toda la jauría. Estiró una de sus piernas y movió los dedos del pie justo encima de la cabeza del jefe: algo que los que tienen pelo entre los dedos odian que se les recuerde.

El perro saltó para mordérselo y, justo a tiempo, Mowgli lo retiró.

—¡Perro, perro jaro! ¡Tienes pelo entre los dedos! —le dijo.

—¡Baja de ahí, antes de que te sitiemos y mueras de hambre, mono pelón! —contestó el jefe.

Eso era lo que Mowgli quería. Los siguió insultando hasta que se pusieron a aullar de rabia y a saltar en torno al árbol.

Mowgli se sujetaba con las piernas fuertemente a la rama, con la mano derecha en el mango de su afilado cuchillo de caza.

Saltaron más y más los feroces animales. Hasta que, por fin, el jefe saltó a más de dos metros del suelo.

Entonces, la mano de Mowgli, rápida como una serpiente, lo cogió del rabo. Con el cuchillo de caza, le rebanó la peluda cola.

MOWGLI RECURRIÓ A KAA PARA PEDIRLE CONSEJO.

VINE CORRIENDO A BUSCARTE.

ELLA LO LLEVÓ HASTA UN BARRANCO.

¡YO TE MOSTRARÉ!

ALLÍ REINABAN LAS MORTALES ABEJAS.

MOWGLI ENFURECIÓ A LOS PERROS PARA QUE LO SIGUIERAN.

¡TENÉIS PELOS ENTRE LOS DEDOS DE LOS PIES!

Y LE CORTÓ EL RABO AL JEFE.

CAPÍTULO DOCE

La gran batalla contra los dhole

Mis compañeros eran y frente a mí corrían.
¡Han muerto! En su alabanza se elevan mis canciones,
memorias del pasado.
Canción de Chil, el milano.

Mowgli se acomodó para dormir, sabiendo que después de semejante afrenta, los perros salvajes lo seguirían donde fuera. Como siempre había hecho, durmió profundamente. El Pueblo Libre sabe cuán importante es estar descansado antes de una batalla.

Cuando se despertó, cuatro horas más tarde, los *dhole* seguían allí, silenciosos y amenazantes.

—¡Ah! ¡Mis guardianes siguen alerta! —se mofó Mowgli— ¡No pienso devolverte la cola, devorador de lagartos! —Mowgli la sacudió desde el árbol.

—¡Yo mismo seré quien te arranque las tripas! —aulló su víctima.

Mowgli comenzó a saltar de rama en rama mientras pensaba: "Soy lobo, pero también soy hombre. Ahora también soy un bander-log".

La jauría lo seguía. Así, los fue llevando hasta el lindero del bosque, cada vez más rabiosos. Se detuvo en el mismo borde de la selva y se frotó el cuerpo con el ajo que había recogido. Los *dhole* le gritaron:

—¡Aunque te frotes con ajo, te seguiremos el rastro!

—¡Coge tu cola! —dijo Mowgli, arrojándola.

Cuando la jauría se echó sobre la cola, Mowgli salió corriendo por la hierba hacia la Roca de la Muerte, sin que ellos se dieran cuenta de lo que iba a hacer.

Mowgli corrió ligero como el viento, con el jefe de la jauría, sin cola, a cinco metros detrás, y los demás siguiéndolos ciegos de rabia y con ansias de matar.

Como ya era el atardecer, el Pueblo Diminuto estaba tranquilo. Pero Mowgli, que seguía corriendo, comenzó a oír un zumbido que aumentaba y aumentaba de volumen.

Antes de arrojarse a la garganta y caer en los anillos de Kaa, que lo esperaba en las aguas del Waingunga, Mowgli llegó a ver con el rabillo del ojo cómo el aire se oscurecía a sus espaldas. Eran miles y miles de abejas que se lanzaban contra los perros.

Cuando salió a la superficie, Kaa lo sostuvo. Ni una picadura tenía en el cuerpo. El ajo había repelido al Pueblo Diminuto los segundos que estuvo en el aire.

Algunos *dhole* cayeron al agua detrás de él, muertos ya por las terribles picaduras de las abejas; otros resbalaron en las grietas donde se encontraban los panales. Inmediatamente eran cubiertos por el Pueblo de las Rocas que, como una zumbante nube negra, los arrastraban hacia los montones de esqueletos que Kaa y Mowgli habían visto el día anterior.

Otros perros se lanzaron al río, locos por las picaduras, para ser engullidos por las furiosas aguas.

—¡Vámonosss de aquí! —dijo Kaa, sosteniendo a Mowgli fuertemente, mientras éste recuperaba el aliento.

Mowgli nadó como una nutria por debajo del agua para alejarse de las mortíferas abejas.

Más de la mitad de los perros se habían dado cuenta de la trampa, pero no podían quedarse en la orilla, donde el Pueblo Diminuto los acribillaba a picotazos. El borde de la garganta era una enorme confusión de aullidos, gruñidos y amenazas. Muchos perros jaros se arrojaban al río para huir del Pueblo de la Muerte.

Los *dhole* aullaban desesperados. Unos, se dirigían a su jefe para que los guiara de vuelta a sus tierras; otros, diciendo que era mejor que ganaran la orilla; otros, finalmente, desafiando a Mowgli a que se presentara ante ellos para matarlo.

Entonces dijo Kaa:

—El Pueblo Diminuto vuelve a irssse a dormir. Yo también me vuelvo. Lo que falta por hacer corressponde a losss de tu raza, allí abajo. ¡Buena sssuerte, hermanito!

Por la margen del río vino un lobo cojo corriendo a tres patas. Era Won-tolla, el solitario, que saltaba de aquí a allá, mordiendo a cuanto jaro osara poner la zarpa en la orilla.

—¿Hacia dónde quieres que los obligue a ir? —le preguntó Mowgli.

—No te preocupes. Esperaré a los lobos de Seeoane. Tengo toda la noche para vengar a mi familia.

Los ladridos de los lobos se oían más y más cerca.

Pronto, un remanso del río arrojó a los *dhole* frente a los cubiles de los lobos de Seeoane. Tarde se dieron cuenta de su error. Cansados ya, con las pesadas colas empapadas, tendrían que haber atacado a los lobos ochocientos metros más arriba, en terreno seco. La manada entera se arrojó al agua, que en ese sitio permitía hacer pie. El río se cubrió de espuma teñida de rojo aquí y allí, tan violenta era la batalla.

Los *cuatro* se abrieron paso entre la masa de cuerpos vivos y muertos, para ponerse al lado del hombrecito. Hermano Gris, agachado entre sus rodillas, protegía a Mowgli de los golpes bajos. Los otros tres le cubrían los flancos y la espalda. Así organizados, dieron cuenta de un perro salvaje tras otro, mientras Akela, un poco más lejos, luchaba con dos a la vez.

Al avanzar la noche, los *dhole* se fueron acobardando más y más, y los lobos se envalentonaron en la misma medida. Mowgli se dio cuenta de que la pelea pronto daría a su fin.

—Casi no quedan más huesos que roer —gritó Hermano Gris, que sangraba por veinte heridas a la vez.

Los jaros empezaron a retroceder, yéndose corriente arriba y corriente abajo. Mowgli los perseguía hasta el borde mismo del agua, cuando vio a Akela herido de muerte.

Mowgli lo abrazó amorosamente, llorando.

—¿No te dije que ésta sería mi última pelea, hombrecito? —le dijo el viejo lobo—. Es hora de que vuelvas con los tuyos.

—¡No quiero ser un Hombre! ¡Yo pertenezco al Pueblo Libre! —sollozó Mowgli

Pero Akela le dijo:

—No tengo nada más que decirte al respecto. Ayúdame a ponerme de pie, que yo también fui jefe de la manada.

Ayudado por Mowgli, Akela se incorporó. Cantó entonces la "Canción de la Muerte", que todo jefe de manada tiene que cantar antes de morir. Sus aullidos se alzaron lúgubres, elevándose,

elevándose, hasta que Akela se desplomó. Y los supervivientes de la manada de los lobos se reunieron en torno a su antiguo jefe.

—¡Buena suerte! —Fao utilizó el saludo de la selva, como si Akela estuviera todavía vivo.

Luego, volviéndose a los otros aulló:

—¡Ladrad, perros, ladrad! ¡Esta noche ha muerto un lobo!

Pero después de la terrible batalla en el río, no volvió ni un solo *dhole* a las tierras de donde provenían. De doscientos perros jaros, no quedó ni uno que pudiera repetir las palabras de Fao.

MOWGLI SE ASEGURÓ DE QUE LO SIGUIERAN HASTA EL RÍO...

Y LOS LLEVÓ A LA TRAMPA SIN QUE LO ADVIRTIERAN...

¡SEGUIDME HASTA LA MUERTE!

¡TE SACARÉ LAS TRIPAS!

SE ARROJÓ AL AGUA, DONDE LO ESPERABA KAA.

LUCHARON FEROZMENTE CONTRA LOS QUE QUEDABAN.

¡YA QUEDAN POCOS!

Y EL VIEJO AKELA MURIÓ COMO UN GUERRERO.

YA SABÍA QUE ÉSTA SERÍA MI ÚLTIMA PELEA.

CAPÍTULO TRECE

Mowgli siente la llamada de los suyos

¡El Hombre vuelve al Hombre!
Las lágrimas lo ahogan
y en nuestra compañía
no puede ya vivir.

Después de la terrible batalla con los perros jaros, Kaa no volvió a burlarse ya de Mowgli, sino que lo aceptó, igual que lo aceptaron los demás pueblos de la selva, como amo y señor de toda ésta.

Tanto es así que, a los diecisiete años que Mowgli debía tener, reinaba sobre todos los animales.

Antes, el Pueblo de la Selva lo temía por su ingenio; ahora, lo temía también por su fuerza.

Mowgli tenía un desarrollo mucho mayor que un joven de su edad. El continuo ejercicio, la buena alimentación, y los baños siempre que el polvo o el calor lo molestaban, le habían dado una fuerte musculatura.

El rumor de que Mowgli se acercaba era suficiente para dejar despejados todos los senderos del bosque.

Y sin embargo, pese a tener tanto poder, su mirada era siempre bondadosa.

Estaban un día Bagheera y Mowgli echados al amanecer cerca del majestuoso Waingunga, cuando la pantera dijo:

—La época del Nuevo Lenguaje se acerca.

El Pueblo de la Selva llama así a la primavera, porque aunque todo parece igual, tiene un sonido nuevo.

—Sí, ya sabré cuando llegue, porque todos me abandonaréis —dijo Mowgli con amargura—. Os iréis con vuestras parejas y yo me quedaré aquí, paseando solo.

Hasta entonces, Mowgli no había sentido nunca esa soledad.

—Mi pecho ha cambiado —le dijo a Bagheera, su confidente—. Tengo una sensación de malestar que empieza en los dedos de los pies y acaba en el cabello.

La sensación era tal, que Mowgli se revisó cuidadosamente el cuerpo para ver si no había pisado alguna espina.

Cuando los animales lo saludaban al pasar como antes, pero usando el alegre Nuevo Lenguaje de la primavera, Mowgli no podía responder con alegría.

—He comido buena comida, he bebido agua buena —se decía preocupado—, no me arde la garganta. Sin embargo, hablo con rudeza a mis amigos, tengo calor y frío a la vez, y una opresión en el pecho.

Mowgli pensaba que saliendo de correrías con los *cuatro*, esa extraña pesadumbre desaparecería. Fue en busca de sus hermanos.

Pero todos estaban ocupados con sus propios asuntos.

—Bien que se acuerdan de mí cuando nos atacan los perros jaros o alguien cae en una trampa —se dijo Mowgli, aunque sabía que no tenía razón—, pero ahora, que no hay peligro, nadie sabe que existo.

Caminaba Mowgli solo por la selva, envuelto en estos tristes pensamientos y alejándose más y más de sus amigos:

—¿Habré comido algo venenoso? Seguro que voy a morir pronto.

Y el joven se fue solo de caza, y pareció que su infelicidad quedaba atrás.

Pero cuando se sentó a descansar junto a los pantanos, la tristeza volvió a apoderarse de él. Y diez veces peor que antes.

Le vinieron a la mente las últimas palabras de Akela, pero las descartó en voz alta:

—Cuando uno muere dice cosas que no son ciertas. Yo pertenezco a la selva.

Una hembra de búfalo, que estaba en el barro cerca de allí, se asustó y llamó a su macho. Éste, al ver a Mowgli, dijo dando un bufido:

—¡Un Hombre!

—¡Un Hombre, un Hombre! —se burló Mowgli— ¡Soy Mowgli, de la manada de lobos de Seeoane! ¿No me reconoces, Mysa?

Y para demostrárselo, Mowgli se arrastró por el barro y lo pinchó en el anca con la punta de su afilado cuchillo.

El búfalo se levantó del barro y, al despegarse de éste, tronó como el estampido de una bomba.

—¿Lobo, tú? —dijo furioso—. Toda la selva sabe que tú eres uno de esos rapaces que gritan entre el polvo, allá lejos, en los campos. Un lobo no se hubiera arrastrado como una serpiente para avergonzarme ante mi hembra.

Cuando el búfalo se calmó un poco, Mowgli le preguntó:

—¿Qué manada de Hombres hay cerca de los pantanos, Mysa? Yo no conozco esta parte de la selva.

—¡Vete hacia el norte, pues! ¡A contarles a los de la aldea lo que me has hecho! —seguía bramando Mysa.

—No es para tanto. Al Hombre no le interesan los cuentos de la selva. Pero iré de todos modos a echar un vistazo.

Mowgli se alejó riéndose al pensar en lo rabioso que se había puesto el búfalo:

—No he perdido las fuerzas del todo. Tal vez el veneno no me ha llegado a los huesos todavía. Allá a lo lejos veo una estrella.

Hacía mucho tiempo que Mowgli no tenía relación con el Hombre.

—¡Por el toro que me rescató! ¡Si es la Flor Roja junto a la cual me sentaba! ¡Ahora que la he visto, daré final a mis correteos!

Mowgli sintió una extraña emoción de reconocimiento que lo obligó a seguir adelante.

Al acercarse a la aldea, los perros ladraron.

Mowgli lanzó un aullido de lobo que los hizo callar instantáneamente.

La puerta de la choza se abrió y una mujer se asomó, diciendo por encima del hombro a un chiquillo que sollozaba dentro:

—Duerme. No era más que un chacal.

Mowgli, oculto en la hierba, comenzó a temblar como una hoja movida por el viento. Reconoció perfectamente esa voz, que hizo temblar las fibras más íntimas de su ser.

—¡Messua! ¡Messua!

—¿Quién llama? —en su voz también se percibía un temblor emocionado.

—¿Me has olvidado ya? —preguntó Mowgli con un nudo en la garganta.

—Si eres tú realmente, ¿cuál es el nombre que te di? ¡Dime!

Messua había entornado la puerta y apretaba las manos contra el pecho.

—¡Nathoo! ¡Nathoo! —contestó Mowgli.

Ése era el nombre que le dio Messua cuando fue por primera vez a unirse a la manada de los Hombres.

—¡Ven, hijo mío!

Mowgli, adelantándose hacia la luz, vio a Messua, la mujer que tan bondadosa había sido con él cuando era un niño.

MOWGLI SE SINTIÓ SOLO Y TRISTE.

¡BUENA SUERTE!

PENSÓ QUE ESTARÍA ENVENENADO.

¿ME HABRÉ CLAVADO UNA ESPINA?

LOS ANIMALES LO IDENTIFICABAN COMO UN HOMBRE.

¡TÚ NO ERES UN LOBO!

ENTONCES VOLVIÓ CON SUS CONGÉNERES.

¿QUIÉN LLAMA?

Y SE ENCONTRÓ CON SU MADRE HUMANA.

¡NATHOO, HIJO MÍO!

CAPÍTULO CATORCE

Mowgli se despide del Pueblo de la Selva

owgli estuvo largo rato hablando con Messua, quien le contó que su esposo había muerto. También lo abrazó una y otra vez, loca de alegría por haberlo recuperado.

Cuando se despidieron, le dijo:

—¡Vuelve! Seas o no seas hijo mío, vuelve, porque te quiero… —y la voz se le quebró con el llanto.

—Volveré —le respondió Mowgli, sin poder decir nada más, porque los nervios también le atenazaban la garganta.

Al salir, sintió un hocico frío que le tocaba la pierna.

—¿Qué haces tú aquí? —preguntó al reconocer a Hermano Gris—. ¿Por qué no acudisteis los *cuatro* cuando os llamé hace tanto tiempo?

—¿Tanto tiempo? Si no fue más que anoche. Estábamos cantando las nuevas canciones. Ésta es la época del Nuevo Lenguaje. ¿No te acuerdas? —dijo Hermano Gris.

—Es verdad, es verdad —contestó Mowgli.

88

—En cuanto terminamos, yo seguí tu rastro.

—Si hubieseis venido cuando os llamé, esto no habría sucedido.

—Y ahora, ¿qué va a suceder? —preguntó Hermano Gris.

Mowgli iba a responder, cuando una joven vestida de blanco comenzó a descender por uno de los caminos que llevaban al pueblecito.

Hermano Gris desapareció como una exhalación. Mowgli se escondió en unos sembrados para verla pasar.

La joven, al verlo, lanzó un grito del susto, porque creyó haber visto un duende. Luego suspiró y salió corriendo en dirección a la aldea.

Mowgli se quedó mirándola hasta que desapareció de su vista.

Hermano Gris repitió la pregunta:

—Y ahora, ¿qué va a suceder?

—No sé— suspiró Mowgli con la mirada perdida por donde la joven se había ido.

—Bagheera tenía razón —comentó el lobo mientras seguían caminando.

—¿Qué es lo que dijo?

—Que al fin, el Hombre vuelve siempre al Hombre. Raksha, nuestra madre, también lo dijo.

—Y Akela, la noche de los perros jaros… —murmuró Mowgli.

—Y Kaa, que sabe más que todos nosotros…

—¿Y tú? ¿Qué opinas, Hermano Gris?

—Hombre-cachorro… Dueño de la Selva… Hijo de Raksha, hermano mío —hablaba mientras iban corriendo—, aunque yo sea un poco olvidadizo en primavera, tu rastro es el mío, tu cubil es mi cubil y donde tú mueras, moriré yo.

—¿No me olvidaréis? —dijo el muchacho.

—¿Olvidas tú acaso? —y Hermano Gris corrió mientras Mowgli lo seguía pensativo.

—¡El Amo de la Selva se vuelve con los Hombres! ¡Venid a la Peña del Consejo! —iba cantando el lobo por delante.

Pero como era la época del Nuevo Lenguaje, nadie acudió a la peña, salvo los *cuatro*, Baloo, y la pesada y fría Kaa, en el puesto que solía ocupar Akela.

Mientras Mowgli se echaba llorando sobre la roca, Kaa dijo:

—Ya lo sssabía yo cuando nosss encontramosss en Moradasss Fríasss. El Hombre sssiempre vuelve al Hombre, aunque la sssselva no lo arroje de su sssseno.

—Entonces, ¿la selva no me expulsa? —balbuceó Mowgli.

Y habló Baloo, quien había sido su maestro:

—Ranita, haz tu cubil entre los de tu propia sangre, los de tu propia manada. Pero recuerda: cuando algo necesites, Dueño de la Selva, ésta estará pronta a obedecerte.

—La ssselva también esss tuya —habló Kaa en nombre de los reptiles— y que conssste que no hablo en nombre de gente sssin importancia.

—¡Ay, hermanos míos! ¡No sé ya lo que deseo! No quisiera irme, pero se me van los pies contra mi voluntad —dijo Mowgli.

—Vamos, levanta los ojos, hermanito. No hay nada de lo que avergonzarse. Ya hemos comido la miel. Es lógico que abandonemos la colmena vacía —le consoló Hermano Gris.

—Cuando la piel ssse cambia, nunca nosss la ponemosss nuevamente —observó Kaa—. Éssa esss la Ley.

—Pero Bagheera pagó un toro por mí... no quisiera...

En ese momento se oyó un terrible rugido y el ruido de algo que caía en los matorrales de al lado de la peña.

Bagheera apareció ágil, fuerte, terrible como de costumbre.

—He aquí ese toro. La cacería ha sido larga, por eso no he podido venir antes. Tu deuda está saldada. Puedes partir cuando quieras. Te devuelvo la libertad, hermanito.

Mowgli se abrazó a su cuello.

—Por lo demás, yo no digo nada que Baloo no diga —añadió Bagheera, lamiéndole los pies—. Recuerda siempre que Bagheera te quería -y de un salto, desapareció en la espesura.

Cuando estaba ya al pie de la peña, volvió a gritar con fuerza:

—¡Buena suerte en el nuevo rastro que sigues, Dueño de la Selva! ¡Acuérdate de que Bagheera te quería!

—Ya lo has oído —dijo Baloo—, vete ahora. Pero antes de irte, acércate a mí, *Ranita Sabia*.

Mowgli estuvo largo rato sollozando, abrazado a su maestro.

—Sssiempre esss duro mudar de piel —observó Kaa.

Por fin, Mowgli partió al hogar de Messua, dejando atrás la selva, mientras oía la "Canción de Despedida" de sus amigos:

(Baloo.)

¡Por el amor de aquel que en otro tiempo
a su ranita dirigir solía,
guarda la ley del Hombre cual la nuestra,
oye al viejo Baloo: jamás la infrinjas!
Miel, raíces y palmas hacen siempre
que los cachorros ningún mal reciban.
¡La gracia de la Selva te acompañe,
la del Bosque, del Agua y de la Brisa!

(Kaa.)
No quierasss llegar másss lejosss
de lo que alcance tu brazo,
ni en la rama carcomida
busssquesss sssossstén por lograrlo.
Mide sssin error tu hambre
sssi codiciasss cabra o gamo,
que a vecesss el ojo engaña
y ssse atraganta el bocado.
¡Que el Bosssque, el Agua y el Viento
te libren de todo daño!

(Bagheera.)
Cuando a la luz de las estrellas caces
busca la pista recta y no embrollada.
Ya sea en el cubil, ya en cacería,
teme al hombre-chacal: su amistad es mala.
Si "vente con nosotros", te dijeran,
"que ganarás con ello", escucha y calla;
si te piden ayuda contra el débil
oye en silencio, sin jamás prestarla.
¡Oh, nieblas matinales! Envolvedle,
protectoras del ciervo y sus guardianas.
¡Que el favor de la Selva te acompañe,
el del Viento, el del Bosque y el del Agua!

FIN

PROMETIÓ VOLVER CON ELLA.

¡VOLVERÉ!

...Y SINTIÓ LA LLAMADA DE SU RAZA.

¿Y AHORA QUÉ VA A SUCEDER?

NO SÉ.

BAGHEERA MATÓ UN TORO PARA PAGAR LA DEUDA.

TU DEUDA ESTÁ SALDADA.

LIBRE YA, MOWGLI SE DESPIDIÓ DE SUS AMIGOS.

ES DURO CAMBIAR DE PIEL...

...QUIENES LO DESPIDIERON CON UNA CANCIÓN.

Juego

🔲🔲🔲🔲🔲 EL CÓDIGO SECRETO 🔲🔲🔲🔲🔲

Para descifrar el mensaje secreto, deberás recurrir a las páginas del libro que acabas de leer.

Utilizando ejemplares del mismo libro, podrás intercambiar mensajes secretos con otro espía empleando tres números:

43 - 10 - 4

El primer número indica la página del libro:

página 43.

El segundo número indica la línea a la que te tienes que remitir en la página:

décima línea.

El tercer número indica cuántas palabras debes contar comenzando por la izquierda:

cuarta palabra.

¿Puedes descifrar el siguiente mensaje?

a. **90 - 21 - 4**	h. **31 - 21 - 6**
b. **90 - 1 - 3**	i. **82 - 6 - 5**
c. **82 - 7 - 7**	j. **67 - 19 - 2**
d. **22 - 13 - 11**	k. **22 - 4 - 6**
e. **31 - 21 - 6**	l. **22 - 4 - 6**
f. **22 - 5 - 9**	m. **67 - 5 - 8**
g. **43 - 16 - 9**	n. **82 - 10 - 9**
	ñ. **90 - 4 - 10**

(Si es el principio de un capítulo, comienza a contar las líneas donde empieza la narración. No cuentes las líneas de la canción.)

Biografía de

▨▨▨▨▨▨ RUDYARD KIPLING ▨▨▨▨▨▨

Rudyard Kipling nació en Bombay, India, en 1865. Era la época en que "el sol no se ponía en el imperio británico". Como se hacía entonces, sus padres, que eran ingleses, lo mandaron a un internado a Inglaterra cuando tenía seis años. Esta separación le hizo sufrir muchísimo, especialmente porque tenía un gran afecto al país donde había nacido.

Volvió a la India a los 17 años y, además de publicar libros de cuentos, trabajó como periodista hasta 1889, año en que retornó a Inglaterra. Su fama le había precedido. En 1890 ya era aclamado como uno de los más brillantes prosistas de la época. Se casó con una norteamericana y fue a vivir a EE UU, donde escribió *Kim*, pero no se pudo adaptar y, junto a su mujer, se instaló en Inglaterra definitivamente. En 1907 recibió el premio Nobel de Literatura.

Además de en *El Libro de la Selva*, la influencia de la cultura en la que transcurrió gran parte de su vida se observa en muchos de sus cuentos, lo mejor de toda su producción como escritor.

ESTE LIBRO SE TERMINÓ
DE IMPRIMIR EN LOS TALLERES
GRÁFICOS DE GRÁFICA
INTERNACIONAL, S. A. MADRID (ESPAÑA),
EN EL MES DE JUNIO DE 2000.